Le dernier souffle du Laret

Noémie Charmoy

Le dernier souffle du Laret

Roman

Éditions Slatkine
GENÈVE
2023

Avec le soutien du canton de Vaud

Les Éditions Slatkine bénéficient d'un soutien
de l'Office fédéral de la culture pour les années 2021-2024.

www.slatkine.com

ISBN 978-2-8321-1166-6

Prologue

Le vent faisait frémir les dernières feuilles accrochées aux arbres. La température, un peu fraîche pour la saison, baissa encore à mesure que le ciel se chargeait de nuages sombres. Le jour touchait à sa fin. La lumière filtrait encore faiblement au travers des branches, mais elle revêtait désormais une allure presque irréelle, alternant entre les nuances de bleu et de gris. Un courant d'air plus fort que les précédents fit voleter les cheveux blond foncé de la jeune femme. Ses yeux étaient tournés vers le ciel, qu'elle semblait contempler avec calme. La couleur de ses iris faisait penser aux teintes électriques de la voûte nuageuse. Son poids sur le sol semblait sans importance, comme si elle flottait. La fermeture éclair de sa veste n'était que partiellement remontée et son chemisier blanc visible laissait apparaître le début de ses clavicules. Silencieuse, elle restait immobile. Sa tête était comme arrimée aux cieux. Une première goutte s'écrasa sur son cou dénudé. Elle n'y prêta pas la moindre attention, rien ne semblant la tirer de sa contemplation rêveuse. Une seconde goutte. Puis une troisième. Elle n'avait pas pris de parapluie en sortant. Le déluge commença. Le son de la pluie était étouffé par la forêt, l'atmosphère était chargée d'humidité. Le lit de feuilles jaunes sur lequel elle se trouvait commençait à devenir glissant. Ce facteur ne dérangea pas le repos de la jeune femme. Elle n'avait pas bougé depuis près d'une heure, la bouche légèrement ouverte. Son discret rouge à lèvres était toujours intact. Le rose nacré qu'elle avait choisi ce matin-là contrastait avec la petite flaque rouge vif formée derrière sa nuque. Une goutte atterrit au sommet de sa joue gauche et dévala son visage avant d'aller se nicher dans son cou. On aurait pu penser qu'elle pleurait, mais elle n'en était désormais plus capable. Une mèche de ses cheveux vint barrer son front et couvrit ses yeux toujours ouverts. Les rôles s'inversèrent. Cette fois-ci, c'est le ciel qui la regardait. Peut-être eut-il pitié d'elle. Un coup de tonnerre déchira le silence feutré des bois. La pluie redoubla d'intensité et le vent se mit à souffler avec une force peu commune. Les rafales faisaient tomber de plus en plus de feuilles. Ces dernières tourbillonnaient et se laissaient porter par les bourrasques instables qui parcouraient la forêt frissonnante. L'une d'entre elles vint se poser sur la main de la jeune femme. Une autre sur son ventre. Une autre sur sa poitrine. Bientôt, de plus en plus de feuilles mortes commencèrent à recouvrir le corps. Une autre rafale découvrit son visage en dégageant la mèche de cheveux. Une feuille prit alors le relais en se déposant avec douceur sur la droite du visage dont la teinte se rapprochait de plus en plus du chemisier de soie dont était vêtue la jeune femme. Un visage familier pour beaucoup de personnes, et même pour cette forêt qui l'avait vue grandir. Le visage de Claire Alderman.

Commissariat de Payerne, mercredi 7 octobre 2015, 10 h 45

Esther Notari bouillonnait. Son souffle court trahissait son énervement. Les jointures de ses mains blanchissaient à cause de la pression que la jeune femme exerçait sur ces dernières, seul moyen qu'elle avait trouvé pour ne pas exploser. Ne pas exploser, pas sûr qu'elle y parvienne cette fois-ci. Sa journée avait pourtant bien commencé. Après un croissant et un café noir chez Bigler, elle s'était rapidement mise au travail et avait effectué une grande partie des tâches administratives qu'elle avait à faire d'ici la fin de la semaine. Aucun contact à avoir avec ses collègues, elle ne s'en plaignait pas. Ceux-ci lui portaient une aversion toute particulière, mais elle n'y avait jamais accordé la moindre importance. En réalité, elle se complaisait dans cette situation et se contentait de faire son travail sans demander son reste. Mais tout allait visiblement changer. Cette vipère de Sandra avait pris un malin plaisir à négligemment lancer un dossier sur son bureau déjà recouvert de feuillets en tout genre. Le petit sourire narquois que sa collègue lui avait lancé ne présageait rien de bon et l'inscription «Demande de transfert – annonce de collaboration» encore moins. Un frisson parcourut immédiatement l'échine d'Esther. Elle n'avait pas adressé un mot à Sandra et ne l'avait même pas regardée. Cette dernière, comprenant qu'elle n'aurait pas droit à un remerciement, battit rapidement en retraite non sans avoir levé les yeux au ciel, les lèvres pincées. Esther entrouvrit le dossier et tomba directement sur la photo d'une femme au sourire béat. Les cheveux bouclés blond cuivré, les yeux vert d'eau et la petite fossette au coin de la joue auraient attendri n'importe qui. Esther ne se perdit pas dans la contemplation de la photo et parcourut le dossier en diagonale, le regard fiévreux.

– Non, non, non, non... laissa-t-elle échapper. Les mots dansaient devant ses yeux, et sa gorge se serrait un peu plus à chaque phrase lue. On lui assignait une partenaire pour une durée indéterminée. Une putain de partenaire. Elle en avait déjà bavé pour se débarrasser de Stéphane. Il avait tenu six mois avant de menacer de démissionner si on lui demandait de continuer à collaborer avec elle.

Esther commença à ressentir une sorte de cafard qui lui embrouillait l'esprit et le rendait de plus en plus cotonneux. Elle déchiffra avec peine le nom inscrit en lettres capitales en haut du dossier: «DELPHINE VAUCHER». La date d'arrivée prévue était le jour même. Esther n'eut pas besoin de se creuser l'esprit pour comprendre qu'on avait délibérément oublié de lui transmettre l'information plus tôt. Tous ses collègues étaient sans doute déjà au courant. Esther planta ses ongles dans sa paume tout en tentant de calmer son souffle agité. Elle reporta son attention sur le dossier. Suivaient plusieurs informations inutiles et, finalement, le nom du commissariat d'où elle était transférée. Qu'est-ce qu'une Lausannoise venait foutre ici? De son plein gré en plus? Esther vida le contenu du dossier sur son bureau. Elle n'y avait pas directement prêté attention mais, une fois lus, les mots inscrits à la va-vite sur un post-it glissé dans le porte-documents lui firent l'effet d'un coup dans l'estomac. *Esther, il est temps de faire des efforts. Arrête de faire payer ta culpabilité aux autres et en particulier à tes partenaires, sinon je me verrai dans l'obligation de prendre des mesures sérieuses! Cédric P.S.: Sois correcte avec Delphine.* Son chef était le seul à avoir encore sincèrement pitié d'elle. Elle avait de l'estime pour lui, mais le mot qu'il lui avait adressé n'avait pas entamé sa volonté de faire subir à cette Delphine le même sort qu'à Stéphane. Et puis, ils n'avaient qu'à la virer si ça ne leur convenait pas. Sans même qu'elle en ait conscience, les yeux d'Esther se remplirent de larmes. La perspective de devoir collaborer avec quelqu'un la glaçait, cela lui rappelait inévitablement ce jour maudit. Sa gorge déjà nouée subit un nouveau resserrement. Ses yeux arrivèrent à leur limite de capacité de rétention d'eau. Elle abaissa machinalement ses paupières, tandis qu'une première larme dévalait sa joue. Plus elle chassait le 7 mai de sa mémoire, plus cette date semblait la hanter.

Une petite voix interrompit soudainement le fil de ses pensées.

– Bonjour! Esther Notari, c'est ça?

Esther leva la tête et plissa les yeux. Elle reconnut la fossette aperçue sur la photo du dossier. Delphine Vaucher lui faisait face. Son sourire semblait sincère, ce qui eut pour conséquence de faire monter d'un cran l'inconfort déjà marqué d'Esther. Elle ne répondit rien, se contentant d'agiter vaguement la tête de haut en bas, tout en se demandant si ses yeux rouges se remarquaient. Esther toisait son interlocutrice avec froideur. Elle nota mentalement qu'elle était un peu plus petite qu'elle, elle devait mesurer entre un mètre soixante-cinq et un mètre septante.

– Je suis Delphine Vaucher ! Enchantée !

Ce ton enthousiaste et rieur exaspérait Esther, qui se fit violence en tendant la main à sa nouvelle partenaire. Delphine s'en saisit et la secoua avec vigueur.

– Je suis vraiment ravie d'être ici ! Je n'ai entendu que du bien de vous, j'espère que vous pouvez dire la même chose me concernant, gloussa-t-elle.

Esther comprit que Cédric avait très certainement omis de partager à quel point son impopularité au commissariat crevait le plafond. Elle ne se donna pas la peine de répondre à la question dissimulée de Delphine et se contenta de se fabriquer un semblant de sourire qui devait sans doute plus se rapprocher de la grimace.

– On peut se tutoyer ? Je suis beaucoup plus à l'aise quand je peux m'adresser de manière familière à mes collègues. Ça facilite vraiment la communication je trouve, ça casse un peu les barrières. Je sais pas si c'est dans vos… tes habitudes.

Esther se rembrunissait un peu plus à chaque phrase prononcée par Delphine. Elle se racla la gorge et, au prix d'un effort considérable, hocha la tête. Elle se sentait vraiment ridicule, mais elle avait l'impression que si elle ouvrait la bouche, elle ne serait pas capable de retenir sa colère, ses larmes… ou les deux. Juste respirer. Inspirer et expirer.

Esther savait que les phases de panique pure qu'il lui arrivait d'éprouver ne duraient en principe pas longtemps. «Phases de détresse émotionnelle fréquentes.» Elle ne pouvait que constater la justesse du diagnostic figurant sur le rapport rédigé par le psychiatre qu'elle avait dû voir après le 7 mai 2011. Les murs beiges du commissariat semblaient se refermer sur elle. Esther, au prix d'un effort titanesque, prit finalement la parole, la voix étranglée.

– Je préfère qu'on se vouvoie si ça vous convient.

Le sourire de Delphine se figea un peu mais ne s'effaça pas pour autant.

– Oui, bien sûr, aucun problème, si vous préférez. Je comprends que ça sonne un petit peu étrange de directement passer au tutoiement.

La gentillesse de Delphine ne touchait pas Esther, bien au contraire. Elle ressentait cette bonne volonté comme une forme d'hypocrisie. Elle n'aimait pas les gens qui parlaient beaucoup. Elle n'aimait pas les gens qui envahissaient son espace personnel. Elle n'aimait pas les gens trop familiers. Non, décidément, elle n'aimait pas Delphine Vaucher.

Chesard, le Laret, vendredi 9 octobre 2015, 8 h 15

Le jour pointait timidement le bout de son nez par cette froide matinée d'octobre. Une humidité tenace flottait dans l'air, conséquence des pluies diluviennes qui s'étaient abattues sur la Broye la veille. Enzo Fischer, employé communal de Grandcour, en avait ras la casquette. Au sens propre comme au figuré, puisque son couvre-chef avait chuté dans la terre détrempée lorsqu'il était descendu de sa camionnette. Sa mission : ramasser les sacs-poubelle et autres détritus abandonnés à la lisière des différents chemins agricoles qui desservaient Chesard. Une belle journée en perspective, se dit-il en serrant les dents. Une bouffée de motivation le gagna soudainement et il enfonça sa casquette sur sa tête d'un geste déterminé. Il marqua un temps d'arrêt puis laissa échapper un petit rire sarcastique. Ce n'était pas son jour, pensa-t-il en abaissant sa main désormais ruisselante d'eau marron. Le trentenaire s'engagea sur le chemin entouré d'arbres se trouvant une cinquantaine de mètres en contrebas de la ferme des Morel. Cette dernière se tenait juste à côté de la maison des Alderman. Chesard était un petit hameau, tout le monde se connaissait. Une communauté à taille réduite, mais qui n'en demeurait pas moins soudée et très proche de la nature, et en particulier de leur Laret, ce ruisseau qui leur était si cher. Enzo avait l'impression de se faire à chaque fois la même réflexion : qui pouvaient bien être les emmerdeurs qui venaient déposer leurs poubelles dans la forêt ? Se rendre à la déchetterie relevait-il de la torture pour certaines personnes ? En bref, une aberration. Tandis que le jeune homme se perdait dans ses réflexions, il sortit machinalement ses gants ainsi qu'un énorme sac-poubelle de l'arrière de son véhicule. Il ne fit ensuite qu'une dizaine de pas avant de tomber sur un premier sachet en plastique transparent rempli de vieilles boîtes de conserve encore pleines. Il jeta un coup d'œil furibond aux étiquettes délavées qui s'en décollaient progressivement et les jeta avec force dans son sac. Une demi-heure plus tard, parvenu au bout de la première portion du chemin qui se scindait ensuite en deux petits sentiers, Enzo se décida à remonter jusqu'à sa camionnette. Le sac était désormais bien rempli, et l'employé communal, bien que de robuste constitution, peinait quelque peu à remonter les deux cents mètres de chemin glissant qu'il venait de nettoyer. Les feuilles humides qui parsemaient la terre friable rendaient l'exercice on ne peut plus périlleux. Enzo grognait et soufflait à mesure que la distance le séparant de son véhicule s'amenuisait. Le sang lui battait aux tempes et il se réconfortait en se disant qu'il s'offrirait un bon express et un ballon à la boulangerie de Grandcour. La perspective de pouvoir polémiquer devant les habitués du tea-room contre les crétins qui ne trouvaient rien de mieux à faire que de jeter des raviolis en conserve à deux pas du ruisseau le réjouissait tout particulièrement, et il savait qu'on lui offrirait sans doute une petite bricole en plus de son café pour lui remonter le moral. Son niveau d'énergie remonta un peu et sa démarche se fit plus rythmée. Le coup de boost fut de courte durée, car sa cheville gauche se tordit douloureusement dans une ornière. Il lâcha un petit cri et voulut mettre tout son poids sur son autre jambe. Déséquilibré par la lourdeur du sac qu'il tenait à bout de bras, il ne put que se laisser tomber au moment où son pied droit se déroba sous une feuille glissante. Celle-ci produisit un petit couinement moqueur et fut éjectée dans les airs à cause du mouvement brusque imprimé par le pied du jeune employé. La jambe d'Enzo suivit la même trajectoire et le jeune homme bascula en arrière. Par réflexe, ses mains se tendirent en avant dans une vaine tentative de sauvetage.

– Bordel, eut-il le temps de lâcher à voix haute.

Il s'écrasa environ un mètre cinquante en contrebas, dans les sous-bois s'apprêtant à recevoir leurs premiers rayons de soleil de la journée. Il finit sa chute sur le flanc gauche, la joue écrasée contre la terre inondée. Enzo pesta et sentit l'une de ses chaussettes se gorger d'eau. Il comprit que sa grosse botte de travail était portée disparue, sans doute restée tenir compagnie aux feuilles malicieuses qui l'avaient précipité dans le fossé. Enzo poussa un gémissement et agrippa son épaule. Celle-ci le faisait terriblement souffrir et il craignait de s'être de nouveau cassé la clavicule, comme quand il avait douze ans. La douleur lancinante qu'il ressentait était trop familière pour être de bon augure. Un rire presque désespéré lui chatouilla la cage thoracique et finit par franchir ses lèvres. Enzo pouffa tout en grimaçant à cause des mouvements saccadés que son hilarité transmettait à son épaule. Il finit par se calmer et entreprit de se retourner en prenant appui sur son bras valide, tout son poids se trouvant actuellement déporté sur le côté gauche de son corps. Au prix d'un effort considérable, il parvint finalement à basculer sur l'autre flanc. La douleur que lui occasionna ce mouvement brusque lui fit fermer les yeux et serrer les dents. Il fut obligé de prendre une minute de repos, minute qu'il passa recroquevillé, en frissonnant de douleur. Lorsqu'il souleva finalement ses paupières, son cœur manqua de jaillir de sa poitrine. Le hurlement qu'il poussa fut animal. L'effroi s'empara de lui et emprisonna son être dans une paralysie incontrôlable. Il était incapable de décoller son regard de celui de la jeune femme inanimée dont la tête faisait face à la sienne. Ses cheveux boueux étaient emmêlés et formaient un paquet de nœuds informes qui lui recouvraient en partie le visage. Sa bouche entrouverte était violacée et son cou présentait des marques de sang séché. La tête et l'un de ses bras semblaient se tourner vers Enzo tandis que son corps reposait sur le dos. La main était comme tendue dans sa direction. On aurait presque pu penser qu'elle cherchait à attraper quelque chose. Le teint de la jeune femme était grisâtre et la peau de son visage boursouflée. Mais le plus frappant, dira plus tard Enzo, c'était ses yeux. Ses yeux qui, désormais sans vie, lui avaient sondé l'âme. Le bleu qui constituait les iris, cerclé de rouge, paraissait amplifié par le teint blafard de leur propriétaire. Ils étaient grands ouverts et arboraient une expression de détachement terrifiante.

Enzo fit toutes ces observations en une fraction de seconde. Il poussa un nouveau hurlement, se rapprochant plus du râle. Sa voix se brisa et il se mit à pleurer. Des pleurs violents et hachés. Enzo peinait à reprendre son souffle et hoquetait mécaniquement. Le choc qu'il ressentit fut d'une violence inouïe, il avait l'impression de subir dix fractures de clavicule ou vingt peines de cœur. La douleur était aussi physique que psychologique. Il ne pouvait pourtant pas ôter son regard de celle qu'il finit par reconnaître. Nom de Dieu, qu'est-ce que la fille Alderman foutait ici ?

Hameau de Chesard, vendredi 9 octobre 2015, 9 h 20

Chesard fourmillait de manière inhabituelle. Le hameau de Grandcour, d'ordinaire caractérisé par sa tranquillité et son charme bucolique, était en ébullition. La majorité des trente-trois habitants était réunie sur la route qui traversait la petite bourgade, et l'air était chargé d'incompréhension. Que faisait la police ici ? Et en aussi grand nombre ? Et surtout, pourquoi ne leur disait-on rien ? Quand quelque chose qui sortait un tantinet de l'ordinaire se produisait, l'événement ne restait pas secret bien longtemps, au contraire. Alors forcément, quand un mystère dont personne n'avait le fin mot se présentait, les interrogations fusaient. Michèle Isella, soixante-huit ans dont soixante-sept passés à Chesard, tenait l'attroupement en haleine. Tout en ménageant des pauses théâtrales, la retraitée relatait ce dont elle avait été témoin au petit matin.

– Comme d'habitude, je me lève sur les coups de 7 h pour aller promener le chien. Dingo a l'air de rien comme ça, mais même s'il va sur ses dix-sept ans, c'est un Spitz nain qui a besoin de grands bols d'air matinaux et de beaucoup d'exercice ! Tout le monde me dit qu'il n'en a plus pour longtemps, je n'en crois pas un traître mot !

– Viens-en aux faits, Michèle, lança avec agacement l'un des badauds.

Un murmure d'assentiment général se fit entendre. Michèle, renfrognée, songea à retourner chez elle en laissant ses voisins dans l'ignorance. Mais bon, pour une fois que tout le monde ne demandait qu'à l'écouter !

– Bien, bien, bande d'ingrats. Donc je disais, je me lève et je sors le chien. En passant vers le bois de Rombuz, j'ai croisé le fils au Fischer qui remontait vers la ferme des Morel. Je pense qu'il allait trafiquer quelque chose dans la portion de forêt qu'il y a juste derrière. Je finis tranquillement mon tour et, tout à coup, j'entends des sirènes.

– Oui, oui, on les a tous entendues, ces sirènes ! Tu nous apprends rien du tout !

– Bon sang, laisse-moi finir, Jean-Yves. C'était une voiture de police que certains d'entre vous ont peut-être aperçue. Y avait deux ou trois flics en uniforme, et une ambulance est arrivée quelques minutes après eux. Mais... ce qui m'a glacé le sang... c'est que cette fois, il n'y avait pas de sirène. J'ai essayé de me rapprocher, mais je savais que je devais rester discrète si je ne voulais pas perdre mes chances d'y voir quelque chose. Un gaillard est descendu de l'ambulance, je crois que c'était un médecin. Un des flics est venu à sa rencontre et l'a entraîné vers la forêt en palabrant à voix basse. Les deux sont revenus vers l'ambulance deux minutes plus tard. Le docteur en a sorti une trousse, et au moment de repartir vers les bois, j'ai entendu distinctement: «mort indéterminée» et puis aussi «procureur».

Une ribambelle de «oh» stupéfaits accompagnèrent l'annonce choc de la retraitée. Michèle savourait l'effet que ses déclarations faisaient sur son public.

– Une mort indéterminée? Mais c'est un meurtre alors? Ou un suicide?

– Bon Dieu, mais qui est mort? C'est ça qu'on veut savoir, Michèle!

– Ça, j'en sais rien! J'ai encore essayé de me rapprocher pour en entendre plus, mais je me suis encoublée dans la laisse de Dingo et je lui ai pilé sur la patte. Il a aboyé et on m'a dit, plutôt méchamment d'ailleurs, que je ne devais pas rester ici.

Des grognements et des claquements de langue désapprobateurs parcoururent l'assemblée.

– Si y en a une qui pourrait tout savoir en deux temps trois mouvements, c'est Claire, la nièce de l'Alderman, déclara une autre Grandcotie. Elle habite dans la zone qu'ils ont barricadée. Elle a dû entendre les sirènes et je suis prête à parier qu'elle tardera pas à pointer le bout de son nez!

– Attendez, Claire Alderman est à Chesard? La journaliste? La nièce au Robert?

L'entier de l'attroupement se tourna vers Michèle, interloqué.

– Mais Michèle, tout le monde sait qu'elle habite dans la maison de son oncle pendant quelques jours, fit Jean-Yves. Elle est là... pour une enquête, ajouta-t-il avec une voix mystérieuse.

– Mais Robert est au Laos avec Andrée!

– Eh bah, justement, ça tombait très bien. Elle m'a expliqué la situation quand je l'ai croisée à la Migros d'Estavayer y a trois jours. En fait, le *bed and breakfast* de ses parents à Missy est complet en permanence, et elle avait besoin d'être au calme. Donc Robert lui a donné un jeu de clés avant de partir. Décidément, tu es mal informée, Michèle.

Quelques gloussements accompagnèrent cette petite pique. Michèle, vexée, s'apprêtait à se défendre vertement : c'était sans compter sur l'arrivée d'une voiture noire qui happa immédiatement l'attention de l'entier du groupe. Le ruban en plastique qui délimitait le périmètre d'intervention fut soulevé par un policier et le véhicule s'engagea sur le chemin qui desservait la maison des Alderman ainsi que la ferme des Morel. Moins de deux minutes plus tard, deux autres voitures banalisées pénétrèrent la zone. Une troisième approcha. La passagère, une blonde aux cheveux bouclés, adressa un petit signe de tête aux badauds. La conductrice, cheveux bruns tirés en queue-de-cheval, observa le troupeau de témoins d'un œil méprisant.

– Elle n'a pas l'air commode, celle-là, commenta Michèle en rendant son regard noir à Esther Notari.

Trois semaines plus tôt, tour de la RTS, Genève

«Et… coupez!» Claire Alderman sentit la chaleur diffuse du projecteur braqué sur elle s'évaporer alors que celui-ci s'éteignait avec un claquement sec. Le ronronnement des caméras automatiques de la RTS cessa. Son sourire forcé quitta immédiatement son visage et laissa place à une expression de lassitude. Encore trois introductions de sujet à tourner après la pause de midi, elle n'en voyait pas le bout. Un assistant de production vint lui retirer son micro-cravate. Il lança un regard un petit peu trop insistant à sa poitrine durant le processus, mais la jeune journaliste savait que le remettre à sa place n'aurait que pour effet de lui créer une réputation d'emmerdeuse. Elle retint un soupir et jeta un œil au programme qu'on lui tendait. Prochain sujet: «Les comportements sexistes en entreprise, une plaie jamais refermée.» Un rictus déforma son visage et un ricanement s'échappa de ses dents serrées. Elle sortit du studio, attrapa son sac à main posé à côté de la table de maquillage et se saisit de son téléphone. Son écran s'alluma. Trois nouveaux messages. Elle en prit connaissance en marchant à grandes enjambées.

« Appelle-moi quand tu as du temps stp. Plein de trucs à te raconter. » Court, laconique : sa meilleure amie Laura, étudiante en médecine.

« Bonjour ma petite chérie, grand-papa et moi avons regardé avec beaucoup d'attention ton émission d'hier. Quel charisme ! Germaine était là aussi, elle aimerait savoir si tu manges bien, elle te trouve un peu maig… » La suite du texto était coupée par la limite de caractère de l'écran verrouillé de son smartphone.

Au moment où elle s'apprêtait à consulter le dernier SMS, elle percuta de plein fouet une femme arrivant en sens inverse. L'épaule de la jeune femme heurta violemment la tête de Danielle Frazier, présentatrice émérite de *À bon entendeur*. La dizaine de petits pots de miel que cette dernière tenait entre les mains tomba par terre. Les deux journalistes se baissèrent à l'unisson pour ramasser les contenants qui roulaient sans but sur la moquette du couloir.

– Oh là là, Claire, je suis désolée, je t'ai pas fait mal ?

Claire sentit le rouge lui monter aux joues. Les personnes en mesure de la déstabiliser se comptaient certes sur les doigts de la main, mais Danielle Frazier, qu'elle considérait comme un modèle, était membre de ce club très fermé.

– Non, non… c'est moi ! Excusez-moi, je ne regardais pas où j'allais, c'est… c'est entièrement de ma faute. Je suis vraiment désolée, Danielle.

La journaliste considéra Claire, une once d'agacement dans le regard.

– Combien de fois je t'ai dit de me tutoyer, Claire, il serait temps que tu t'en souviennes ! Peu importe, tu es en train d'enregistrer ?

– Oui, euh... je... oui.

Claire avait l'impression que son visage était en feu. Merde, voilà qu'elle n'arrivait pas à aligner deux mots. Danielle devait vraiment la prendre pour une idiote.

– Je me réjouis de voir ça vendredi ! Ah, et je voulais te dire, ton numéro de la semaine dernière était tout bonnement remarquable. Passionnant du début à la fin, tes équipes font un excellent travail.

– Merci, c'est gentil, c'est vrai que les retours sur les réseaux sociaux étaient très positifs. D'ailleurs, j'ai vu que votre... ton sujet sur les larmes artificielles avait beaucoup plu aussi.

– Oui, enfin bon... plus sur Facebook que sur Instagram ! Tu es la relève, le futur de la RTS !

Claire, ne sachant que répondre au compliment, changea de sujet.

– Tu... tu fais un sujet sur le miel ?

Un grand sourire éclaira le visage de Danielle.

– Exact ! D'ailleurs, n'en mange surtout pas de cette marque-ci, s'exclama la journaliste en désignant l'une des jarres. Complètement dénaturé et avec des quantités astronomiques de sucre industriel, je suis même pas sûre que ce soit légal de le commercialiser en prétendant que c'est du miel !

Danielle consulta sa montre.

– Le devoir m'appelle ! Bon appétit !

Claire n'eut pas le temps de répliquer que sa collègue s'éloignait déjà. Tout en reprenant ses esprits, la jeune femme ralluma le téléphone pour prendre connaissance du dernier texto.

Il provenait d'un numéro inconnu. Quand elle comprit de qui il s'agissait, elle cliqua immédiatement sur le message pour l'afficher en entier. «Bonjour Claire, c'est Garance. Ça fait longtemps! J'ai changé de numéro, mais j'ai bien reçu ton mail. Je suis très heureuse que tu me proposes de faire ce sujet ensemble, je te confirme le tout quand j'ai le feu vert de ma rédaction et *let's go*! Tout le monde sera très content de te revoir quelques jours dans notre brumeuse Broye :-) N'hésite pas à m'appeler au besoin pour définir les détails. Bonne journée.»

Un large sourire monta aux lèvres de Claire. C'était exactement ce qu'il lui fallait: un peu d'air frais et un bon sujet épineux à traiter avec Garance. Claire fut saisie d'une drôle de vague de nostalgie mêlée d'une pointe de culpabilité. Garance et elle s'étaient considérablement éloignées l'une de l'autre avec le temps, la distance géographique n'aidant pas. À la fin de leurs études, elles s'étaient juré de toujours rester en contact et de se voir régulièrement. Elles rêvaient des papiers qu'elles pourraient rédiger ensemble, des interviews qu'elles décrocheraient ou des voyages qu'elles effectueraient si elles parvenaient à se hisser au sommet du journalisme suisse. Mais le destin avait été un peu plus clément avec Claire, il fallait bien l'avouer. Cela dit, Garance se contentait très bien de son poste de journaliste régionale pour *La Liberté*, même si l'ascension de Claire à la RTS avait été un sujet plus populaire que la qualité indiscutable de ses nombreux articles pour le quotidien fribourgeois. Claire passa son badge sur le lecteur magnétique et sortit de la partie de l'immeuble dédiée au tournage.

Elle se saisit alors de son porte-monnaie, une envie de burrito végétarien la taraudant depuis le matin. En levant la tête, son regard croisa celui d'un homme qui, à quelques mètres, l'observait fixement, la bouche ouverte.

– Je m'excuse, mais… c'est… c'est vous Claire Alderman ? La journaliste de l'émission… l'émission du vendredi soir ! Comment ça s'appelle déjà ?

Claire sentit les commissures de ses lèvres se lever. Elle était toujours flattée de se faire reconnaître, ça avait un côté grisant.

– *Bruits de couloir*, voilà c'est ça ! Je sais pas comment j'ai fait pour oublier, je la regarde toutes les semaines avec ma femme. Vous seriez d'accord de faire une photo ?

– Avec plaisir.

La jeune femme se saisit du téléphone que l'homme lui tendait et prit deux clichés en mode selfie.

Ces petites interactions avec les téléspectateurs donnaient une nouvelle dimension aux chiffres d'audience qu'on lui présentait hebdomadairement. Ce n'était pas que des pourcentages, mais des personnes réelles qui appréciaient et soutenaient son travail. Elle rendit le portable à son interlocuteur qui la regardait, subjugué.

– Merci beaucoup, et bravo à vous, c'est vraiment génial ce que vous faites, finit-il par bredouiller. Je sais même pas comment vous faites pour mettre votre nez dans toutes ces magouilles. Vous leur laissez pas la moindre chance, à ces salauds.

– De l'obstination, des petits coups de chance et le tour est joué, sourit Claire. Je vous souhaite une excellente journée et on se dit à vendredi soir !

Elle appuya sa déclaration d'un petit clin d'œil complice et tourna les talons. « Pourvu qu'il reste des burritos », pensa-t-elle en accélérant la cadence.

Chesard, scène de crime, vendredi 9 octobre 2015, 10 h 05

– Qui a retrouvé le corps ?

Le procureur, un certain Simon Jacquet qui était sorti de la première voiture, ne s'embarrassa pas de salutations. L'un des deux policiers arrivés en premier sur les lieux désigna d'un geste de la main un homme d'une trentaine d'années, qui, livide, fixait les forces de l'ordre avec une expression d'horreur. Un infirmier s'affairait vers lui et un policier lui posait des questions.

– Il a téléphoné à 8 h 45. C'est l'employé communal de Grandcour.

Son collègue enchaîna.

– On est arrivé à 8 h 55. Il était prostré à côté du corps, en bas du chemin.

– En bas du chemin ? Bon, allons voir tout ça.

Le procureur se retourna en direction des occupants des trois voitures parquées derrière la sienne.

– Les inspecteurs de la crim', venez. Ceux de la scientifique, préparez le matériel et rejoignez-nous dès que possible. J'ai contacté le légiste, il ne devrait pas tarder à arriver.

Tout en marchant d'un pas rapide vers le lieu de la découverte du corps, Simon Jacquet demanda des précisions aux premiers policiers ayant pris en charge le témoin.

– Qu'est-ce qu'il faisait à côté du corps ? Et en bas d'un chemin ?

– Ses propos n'étaient pas très clairs, mais de ce qu'on a compris, il était en train de ramasser des déchets quand il a glissé à cause de l'instabilité du terrain. D'ailleurs, faites tous attention, le chemin est complètement détrempé.

– Oui, on l'avait bien remarqué, pesta le procureur.

Les chaussures de ville de ce dernier, flambant neuves, ne cessaient de s'enfoncer dans la terre gorgée d'eau marron, et ses chevilles se tordaient. De l'eau glacée commençait à inonder ses chaussettes. Simon Jacquet s'apprêtait à officiellement élever la Broye au rang d'enfer sur Terre mais, imaginant que ce type de commentaire acerbe ne serait pas du goût de tout le monde, il se garda finalement de partager le fond de sa pensée.

– Vous auriez dû prendre des bottes, fit remarquer un policier en considérant avec amusement les chaussures cirées du procureur. Conditions typiquement broyardes, il fallait s'y attendre.

L'exaspération de Simon Jacquet atteignit un seuil de non-retour. Il se retourna vivement, les yeux exorbités.

– Écoutez-moi bien, glapit-il, je préférerais être le cul sur ma chaise de bureau en train de remplir une connerie de rapport plutôt que de patauger dans ce bourbier ! Alors soit quelqu'un m'aide, soit vous faites preuve de patience !

Quelques regards moqueurs furent échangés et un policier finit par se résoudre à offrir sa main à un Simon Jacquet rouge comme une tomate trop mûre.

Le petit groupe arriva finalement devant le lieu de la chute d'Enzo Fischer. Les inspecteurs de la brigade scientifique, une fois l'étape périlleuse de la descente passée, commencèrent à s'affairer. Le corps sans vie de Claire Alderman était toujours couché sur le flanc.

– Je comprends mieux l'histoire de la chute, fit Simon Jacquet, dont le ton – et le teint – étaient redevenus neutres. Mais pourquoi n'est-il pas remonté après avoir vu le corps ?

– Clavicule cassée d'une part, et puis le choc psychologique l'a complètement tétanisé. J'ai presque dû le traîner hors de ce trou, lui répondit un des policiers.

– Il connaissait la victime ?

– De vue. Ah, j'ai oublié de préciser. Selon lui, c'est Claire Alderman.

Des regards incrédules furent échangés et des exclamations de surprise fusèrent. Une voix s'éleva soudain dans le froid matinal.

– Et on est censé savoir qui c'est ?

Esther, en retrait depuis son arrivée sur les lieux, sentit les regards interrogateurs de ses collègues peser sur elle. La confusion entraînée par le ton glacial que la jeune femme avait employé fut brisée par Delphine, qui répondit avec énergie.

– C'est une journaliste qui a une émission d'investigation sur la RTS, tout le monde la connaît !

Esther ne pipa mot, se contentant de lever un sourcil tout en haussant les épaules.

– Mais oui ! L'affaire des emplois non déclarés à l'hôpital de Sion ! Et puis l'ampleur du trafic de méthamphétamines sur la Riviera ! Ça doit vous dire quelque chose, non ? Ça avait fait les gros titres, même dans la presse traditionnelle ! D'ailleurs, *L'Illustré* a fait son portrait il y a quelques semaines, si je ne m'abuse.

Esther, mutique, ne regardait même plus sa collègue. Le malaise ambiant se renforça, et l'un des collègues des deux jeunes femmes finit par intervenir, excédé par l'attitude désinvolte d'Esther.

– Laissez tomber, Delphine, Austère ne veut de toute évidence pas prendre part à la discussion.

L'une des inspectrices de la police scientifique, accroupie vers la victime, se releva.

– Quoi qu'il en soit, on dirait bien que c'est Claire Alderman, j'ai lu l'article de *L'Illustré* il y a quelques jours et son visage m'est vraiment familier. C'est pas croyable, elle n'a même pas trente ans. À vue d'œil, la mort remonte à environ quarante-huit heures, mais c'est difficile d'en être certaine. Il a beaucoup plu et les arbres n'ont pas réussi à protéger efficacement le corps de l'eau. Quoi qu'il en soit, le légiste pourra nous en apprendre plus.

– C'est une mort accidentelle ?

L'équipe de la police scientifique sembla se concerter silencieusement, l'air grave. L'un des inspecteurs finit par répondre à la question de Simon Jacquet.

– Je crois que je peux parler au nom de toute l'équipe en disant que l'hypothèse de la mort accidentelle nous semble hautement improbable. Une autopsie le confirmera, mais compte tenu de la nature des blessures, c'est un meurtre.

Simon Jacquet serra les lèvres et sortit son portable.

– J'ai des appels à passer. Comme la victime est une personnalité publique, qui plus est une journaliste, on va essayer de garder l'information secrète le plus longtemps possible pour faciliter l'enquête. Restez discrets, il faut éviter que les médias n'en causent trop rapidement.

Chesard, maison des Alderman, vendredi 9 octobre 2015, 11 h 15

Renseigné par les parents de la victime chez qui il venait de se rendre, Cédric Bettex mit son équipe au courant des premiers éléments récoltés.

– Je n'ai pu rencontrer que la mère de Claire Alderman, mais une gendarme est restée sur Missy avec elle en attendant le retour du père qui était en déplacement à Zurich ces quatre derniers jours. On a eu le feu vert du procureur pour entrer dans le domicile de la victime il y a une trentaine de minutes. Les inspecteurs de la BS ont bientôt fini de faire les prélèvements nécessaires. C'est la maison d'un certain Robert Alderman, l'oncle de la victime, actuellement à l'étranger. Cécile Alderman nous a appris que sa fille logeait seule chez son oncle le temps d'un bref retour dans la Broye. Elle n'en savait pas vraiment plus.

Esther écoutait distraitement son chef, son attention se concentrant plutôt sur l'air crispé que celui-ci arborait. Elle savait très bien qu'il détestait plus que quiconque devoir informer des proches de la mort d'un être aimé, en particulier quand les proches en question étaient des parents.

– Esther, c'est compris ?

La jeune femme sortit de sa torpeur en entendant son nom.

– Hein ?

Des soupirs d'exaspération accueillirent la réponse de la policière. Cédric ne releva pas et, l'air vaguement déçu, se contenta de donner l'ordre de pénétrer dans la maison une fois le feu vert de la police scientifique reçu.

Delphine s'approcha d'Esther et lui tendit une paire de gants avec un sourire engageant. Esther se contenta de les lui arracher des mains et de se diriger vers la maison à la suite de Cédric. Plusieurs policiers adressèrent des regards de compassion à Delphine.

– Te fatigue pas avec Austère, Delphine. Elle en vaut vraiment pas la peine.

L'équipe de la brigade criminelle entra dans la maison. Un vestibule sombre faisait face à la porte. Sur la gauche, le salon concentrait l'attention d'une majorité des techniciens de la police scientifique. La raison de cet intérêt prononcé fut rapidement identifiée par Cédric et ses collègues. Un ordinateur portable dernier cri était disloqué par terre. Le choc avait visiblement été violent, car clavier et écran se trouvaient à un bon mètre l'un de l'autre. Un smartphone posé sur la table basse fut placé dans un sachet en plastique. Delphine nota que l'écran d'accueil affichait de nombreux messages et appels en absence. Une majorité provenait du même numéro. La jeune femme fit ensuite le tour du petit meuble. Une flaque de sang laissait peu de place au doute. C'était ici que Claire Alderman avait été tuée.

* * *

Delphine sortit de la maison et ôta immédiatement ses gants de latex, une sensation de démangeaison se propageant sur ses mains. Quelques minutes de port avaient suffi à provoquer un début d'eczéma sur la surface de peau en contact avec la matière élastique. La Lausannoise jeta un coup d'œil noir à ses paumes, accompagné d'une petite moue désapprobatrice. Cela faisait bien quelques années qu'elle n'avait pas rencontré ce problème, et elle avait pensé, à tort visiblement, en être définitivement débarrassée. Elle se promit mentalement d'aller acheter de la crème anti-inflammatoire à la pharmacie dès que possible. Peut-être qu'Esther voudrait bien l'y déposer en rentrant? Un bruit de moteur attira son attention et elle leva les yeux pour en trouver la provenance.

– Oh, une voiture!

Esther se retourna vers Delphine et la fixa d'un air méprisant. Elle n'avait jamais vu de voiture, la citadine? Delphine remarqua le regard antipathique de sa collègue mais ne fit pas le moindre commentaire, se contentant de se rapprocher de Cédric avec un petit pas maladroit. Celui-ci, qui n'avait rien manqué de la scène, ressentit une bouffée d'agacement envers Esther. Malgré ses nombreux avertissements, elle ne faisait pas le moindre effort. Le quadragénaire finit par soupirer discrètement et sourit sans conviction à Delphine. La tension était toujours palpable lorsque le véhicule que Delphine avait aperçu s'arrêta brutalement devant le ruban de police. La conductrice, les yeux écarquillés, coupa le moteur et sortit de l'habitacle de sa voiture, une pile de dossiers à la main. La voix tremblante, elle s'adressa à Cédric qui s'avançait d'un pas rapide vers elle.

– Excusez-moi, qu'est-ce qu'il se passe ?

Cédric prit la parole avec douceur mais fermeté.

– Madame, vous ne pouvez pas rester là. Merci de ne pas gêner le travail de la police. Adressez-vous au commissariat de Payerne si vous avez un témoignage ou des informations pouvant aider l'enquête. Circulez maintenant.

– Attendez… dites-moi juste… juste… Je connais les gens qui habitent ici… Qu'est-ce qu'il se passe ? S'il vous plaît, je… dites-moi… je…

La voix de la jeune femme semblait avoir de plus en plus de peine à se frayer un chemin vers l'extérieur, comme emprisonnée dans sa gorge. Les mots qu'elle tentait à grand-peine d'articuler se mélangeaient dans sa bouche et elle bredouillait désormais des paroles inintelligibles. Ses yeux se remplissaient de larmes et sa respiration s'accélérait, se faisant de plus en plus sifflante. Cédric, interloqué, se tourna vers Esther et Delphine. Esther sortit de sa torpeur et se saisit brutalement des épaules de la jeune femme.

– Reprenez-vous, bon sang ! Allez, du calme, du calme !

La jeune femme, épouvantée, lâcha maladroitement les nombreux feuillets qu'elle avait à la main et tenta de se dégager de l'emprise d'Esther. Cette dernière ne bougea pas d'un iota, se contentant de resserrer ses mains et de la secouer vaguement tout en la houspillant.

– Madame, ça suffit, calmez-vous, il n'y a pas de quoi se mettre dans des états pareils !

Esther ne le laissait pas transparaître, mais sa confiance fondait comme neige au soleil. Pourquoi cette nana avait-elle l'air au bord de la syncope ? On aurait dit qu'elle était en transe. Esther sentit soudainement une force s'emparer de ses poignets et tenter de les dégager de leur prise. Elle fit volte-face et croisa le regard furieux de Delphine.

– Esther, lâchez-la ! Mais lâchez-la ! Elle fait une crise d'asthme. Madame, où est votre inhalateur ? Votre inhalateur, essayez de me montrer. Est-ce que vous l'avez avec vous ? Regardez-moi. Vous allez y arriver. Essayez de me montrer où il est.

Esther trébucha en reculant, les yeux dans la vague. Elle finit par remarquer que les lèvres de la conductrice avaient viré au bleu et que ses yeux commençaient à se révulser. Choquée, elle hoqueta. Delphine, quant à elle, s'affairait rapidement. Après avoir assis la jeune femme, elle avait entrepris de vider la boîte à gants de sa Renault Clio sans ménagement. Elle chercha ensuite du côté conducteur. Elle finit par sortir un petit boîtier bleu de la portière encore ouverte. Elle fit de nouveau le tour de la voiture en courant et s'agenouilla. Elle glissa le dispositif dans la bouche de la conductrice et lui fit prendre deux bouffées. Les joues baignées de larmes, cette dernière frissonnait, le teint verdâtre.

Cédric poussa une sorte de mugissement étouffé. Les yeux exorbités, il saisit Esther par le bras et, sans ménagement, l'éloigna de la voiture.

– Espèce de petite conne, tu te rends compte de ce que tu viens de faire ? Esther, je te jure que je vais...

Cédric s'interrompit soudainement. Les yeux mi-clos, il prit une respiration hachée. La colère sembla le quitter pour laisser place à une froideur qu'Esther ne lui connaissait pas.

– Esther. Je... je sais même pas quoi te dire, reprit-il à mi-voix. Démissionne si tu détestes à ce point être au contact des gens. Ce n'est plus possible. Il faut systématiquement que tu fasses une spécialité, et aujourd'hui tu as vraiment dépassé les limites. Je ne peux pas éternellement te couvrir, je marche déjà sur des œufs à cause de ton comportement. Alors maintenant va t'excuser et fais en sorte qu'elle ne porte pas plainte contre toi... Bon Dieu, tu es...

Il ne termina pas sa phrase, et se contenta de fixer Esther quelques secondes. Le cœur de cette dernière rata un battement. Ses yeux s'humidifièrent malgré elle et l'expression neutre qu'elle déchiffra sur le visage de Cédric lui fit l'effet d'un coup de pied dans le ventre. Elle ne pouvait pas perdre son seul ami, le dernier à la soutenir.

– Cédric, je vais aller lui présenter mes excuses, mais je...

Cédric l'interrompit froidement.

– C'est ça, vas-y. Et par pitié, garde tes réflexions pour toi et fais profil bas.

Esther ouvrit la bouche pour répliquer, mais Cédric s'était déjà éloigné en direction de Delphine et de la conductrice, qui commençait à reprendre ses esprits. Esther toisait la scène, les dents serrées. Une vague de chaud s'abattit sur elle à mesure que la honte l'envahissait. Elle s'approcha de la jeune femme et prit la parole avec une voix atone.

– Je suis désolée, madame, mais je ne pensais pas que vous...

Delphine, excédée, agita son bras en direction d'Esther tout en articulant silencieusement «partez». Esther battit en retraite sans demander son reste et alla se réfugier dans sa voiture. Elle fit mine de consulter son téléphone, mais la quantité de larmes qui envahissaient son champ de vision lui rendit la tâche impossible.

Delphine, de son côté, s'occupait de la conductrice avec douceur.

– Ça va mieux? Comment vous appelez-vous?

– Garance, finit par souffler son interlocutrice, je m'appelle Garance Dupraz.

Voiture d'Esther Notari, vendredi 9 octobre 2015, 15 h 55

– Garance Dupraz a vraiment l'air adorable, très sensible. Je n'imagine pas le choc qu'elle a dû avoir en apprenant la mort de Claire Alderman. Elle n'a pas réussi à me parler pendant une bonne dizaine de minutes. Elles étaient très amies pendant leurs études de journalisme et travaillaient en ce moment sur une affaire, quelque chose en lien avec un établissement médico-social, si j'ai bien compris. Vous en connaissez quelques-uns dans la région ?

Seul le bruit du moteur de la voiture répondit à la question de Delphine. Esther conduisait sans un mot, lunettes de soleil sur le nez. En réalité, elle cherchait à masquer son profond trouble. La journée avait été très éprouvante et lui rappelait le 7 mai de manière beaucoup trop prononcée.

– En tout cas, je pense qu'on devrait se rendre dans l'EMS en question dès qu'on a le feu vert du procureur. Une journaliste qui meurt alors qu'elle enquête sur une affaire… Bon, ça fait très série américaine, mais compte tenu du sujet qu'elles traitaient, ça ne m'étonnerait pas que ça ait provoqué du tumulte. Garance a mentionné que Claire avait eu un très mauvais contact avec la personne qu'elles ont essayé d'interviewer il y a quelques jours. Elle a même entendu des cris quand elle l'attendait dans la voiture. Sans oublier que...

Esther interrompit soudainement le monologue de sa collègue.

– Et pourquoi pas interroger plus longuement cette Garance ? C'est elle qui a le plus côtoyé Alderman ces derniers jours, elle en sait sans doute plus que ce qu'elle veut bien nous dire. Je serais pas étonnée que ce soit elle qui l'ait tuée, sous ses airs de petit lapin éploré.

Delphine écarquilla les yeux et tourna la tête en direction d'Esther.

– Non mais, vous n'êtes pas sérieuse, Esther, glapit-elle. Je suis d'accord qu'on ne doit éliminer aucun suspect. Mais Garance a l'air sincèrement... Enfin, je veux dire... Le fait que Garance soit profondément bouleversée et sous le choc est complètement normal. Je vous trouve vraiment vache. Vous appelez chaque proche d'une victime un « petit lapin éploré », peut-être ?

– C'est pas vous qui avez dit qu'elles étaient amies d'études ? Parce que si Claire Alderman était connue et bossait à Genève, elles se sont forcément éloignées. C'est l'ordre des choses.

– Garance a dit qu'elles avaient recommencé à se côtoyer avec ce projet de reportage. Mais je suis presque sûre qu'elles n'avaient jamais vraiment coupé les ponts.

– C'est bien mignon tout ça, coupa Esther, mais en attendant, je ne considère pas cette Garance comme une proche. On doit la convoquer au poste dès demain, selon moi.

– Vous oubliez un peu vite qu'on est obligés de prendre des pincettes en ce qui la concerne. À cause de vous.

Ces derniers mots claquèrent avec dureté. Esther ricana pour cacher son malaise et passa la vitesse supérieure.

Delphine regretta visiblement d'avoir brusqué Esther et, après un bref silence, tenta maladroitement de changer le sujet.

– Est-ce que vous pourriez me déposer vers une pharmacie ? J'imagine qu'il y en a à Payerne ? Mon eczéma fait de nouveau des siennes donc je pense que...

– Démerdez-vous, je suis pas votre mère.

Delphine était estomaquée par la violence de la réponse d'Esther. Elle commençait à comprendre les regards de compassion et les tapes sur l'épaule qu'on lui avait adressés à Chesard. Sa collègue portait plutôt bien son surnom, finalement. Esther ou Austère, la nuance était fine, pour ne pas dire inexistante.

– Aucun problème, je regarde sur mon téléphone. Vous me poserez à Payerne quand je vous le dirai... Si c'est dans vos compétences, bien sûr.

Delphine adressa un sourire glacial à Esther. Si elle pensait qu'elle allait se laisser faire, elle se fourrait le doigt dans l'œil.

Commissariat de Payerne, samedi 10 octobre 2015, 8 h 15

— J'ai parlé avec Garance Dupraz au téléphone, elle accepte de nous recevoir chez elle pour répondre plus amplement à nos questions. Bien sûr, il n'est pas question de la convoquer au poste après l'incident d'hier.

Les regards se tournèrent vers Esther, qui fixait le sol sans dire un mot. Elle finit par lever la tête et fit mine de prendre quelques notes dans son carnet. Cédric donnait ses indications pour la journée. En tant que commissaire en chef, il devait coordonner les investigations et répartir les tâches entre les différents groupes formés.

– Mme Dupraz est toujours sous le choc, mais c'est elle qui a eu le plus de contacts avec Claire Alderman ces derniers jours, alors il nous faut toutes les informations qu'elle peut nous fournir, et ce le plus rapidement possible. À ce stade, nous pensons que la victime a été tuée il y a trois jours, le mercredi 7, entre 17 h et 19 h environ. Comme vous le savez tous, la présence de sang dans la maison nous indique que c'est là qu'elle a été tuée, ou tout du moins blessée. Son corps a ensuite été déplacé dans les bois, et on part du principe qu'aucun véhicule n'a été utilisé.

– Le coupable s'en est donc débarrassé à pied?

– C'est l'hypothèse qui est privilégiée actuellement, effectivement. Nous allons former des groupes afin d'exploiter un maximum de pistes. En parlant d'équipe, petite parenthèse: Delphine, tout se passe bien? Tu prends gentiment tes marques?

– Oui, oui... D'ailleurs, j'aimerais prendre une initiative si tu es d'accord. Est-ce que je peux aller interroger Garance Dupraz moi-même? Je pense que j'ai eu un bon contact avec elle hier. Et puis elle a parlé de certains détails qui pourraient s'avérer intéressants et qui mériteraient d'être approfondis.

– On va éviter, je ne veux pas un incident de plus, grimaça Cédric.

– Au contraire! Je crois que ça nous permettrait de définitivement tourner la page par rapport à ça. En plus, je ne pense pas qu'elle soit du genre rancunière.

Cédric arborait une expression fermée et l'entier du poste était plongé dans un silence religieux.

Une voix s'éleva.

– Bonne idée! Ça permettra à notre chère Esther de s'excuser de nouveau et d'essayer de redorer l'image de notre service, fit Sandra avec un ton mielleux.

– Image qu'elle met tant d'énergie à entacher jour après jour, ajouta un autre policier, goguenard.

Quelques ricanements fusèrent de part et d'autre du poste. Cédric ignora les piques lancées à Esther et finit par déclarer, après une courte réflexion:

– Très bien, puisque l'idée est acceptée à l'unanimité, Esther et Delphine chez Garance Dupraz. Je vous transmets l'adresse, c'est aux Planches. François et Marc, vous allez à Missy pour interroger les parents de la victime. Essayez de savoir s'ils ont la moindre idée de ce qui a pu arriver à leur fille. Sandra, vu que tu es motivée, tu nous remplis la paperasse. Les autres, creusez-vous les méninges et consultez toutes les infos qu'on a pu accumuler sur Claire jusqu'à présent. Les factures, les relevés de carte bancaire et de téléphone si on peut déjà les obtenir, les comptes sur les réseaux sociaux… Ne laissez rien de côté et gardez en tête qu'elle était une personnalité publique qui n'avait sans doute pas que des amis, tant dans sa vie professionnelle que personnelle. Je reviens vers vous au plus vite pour vous communiquer les tâches spécifiques qui vous seront attribuées. Et n'oubliez pas que ce n'est qu'une question d'heures avant que la presse ne soit mise au courant, et à partir de ce moment-là, la pression sera beaucoup plus forte. Restons efficaces et soudés. Pas la peine de mettre de l'huile sur le feu, et ce peu importe la situation, conclut-il avec un regard appuyé à l'attention du petit groupe parti en guérilla contre Esther.

Les Planches, maison de Garance Dupraz, samedi 10 octobre 2015, 13 h 50

— Entrez seulement. Vous aimeriez boire quelque chose ?

Garance Dupraz, les traits tirés et l'air groggy, tentait vainement de faire bonne figure. Malgré ses yeux embués, elle reconnut sans peine Esther Notari et Delphine Vaucher. Cette dernière prit la parole avec douceur.

– Merci beaucoup de nous recevoir, madame Dupraz, nous sommes conscientes de la difficulté de l'épreuve que vous traversez. Je vous promets que nous ne vous embêterons pas trop longtemps.

Delphine savait à l'évidence trouver les mots justes, nota Esther, qui préférait rester en retrait, la vue de Garance la mettant très mal à l'aise. Elle ressentait une grande gêne en repensant à l'incident de la veille, même si, comme à son habitude, elle n'en laissait rien paraître. Esther préféra reporter son attention sur l'habitation, qu'elle observait avec circonspection. L'appartement de la jeune journaliste, bien que meublé avec goût, n'avait rien de particulier. Elle fit quelques pas. Une fenêtre donnait sur le lac de Neuchâtel et une énorme pile de bouquins trônait à côté d'un fauteuil à bascule dirigé vers la vitre. Esther s'y serait bien vue en train de dévorer un livre, une grande tasse de café à proximité. La vue du lac conférait vraiment une ambiance relaxante au séjour.

– Vous buvez quelque chose, madame Notari? fit Garance dans le dos de la policière.

Étonnée par le ton amical de la jeune femme, Esther marqua un temps d'arrêt et se retourna.

– Non, non, c'est bon, merci. Je tiens à vous réitérer mes excuses par rapport à ce qui s'est passé hier. Je suis vraiment désolée, je vous assure que je... Enfin voilà, je suis désolée, marmonna-t-elle.

– Y a pas de mal, je gênais, j'ai conscience que ce n'était pas forcément le comportement adapté mais vous comprenez que... et Claire qui...

Garance dut s'interrompre, visiblement submergée par l'émotion. D'un geste vague, elle désigna la table trônant au centre de la cuisine ouverte qui faisait face au vestibule. Delphine proposa de faire du thé, ce que Garance accepta d'un léger signe de tête. Esther sortit son calepin et attendit que Delphine s'asseye pour commencer à interroger Garance.

– Madame Dupraz, pourriez-vous nous parler un peu plus longuement de la nature de votre relation avec Claire Alderman?

– Oui, bien sûr. Par quoi commencer? Claire et moi, nous nous sommes rencontrées au GYB.

Delphine leva un sourcil interrogateur. Esther précisa avec agacement:

– Le gymnase intercantonal de la Broye.

– Euh, oui, oui, fit Garance, perturbée.

Son regard, après avoir navigué de Delphine à Esther, se perdit de nouveau dans le vide.

– Nous habitions assez proches l'une de l'autre, mais dans deux cantons différents. Je passais beaucoup de temps chez mon oncle, qui habite sur Vaud, à... à Ressudens. On aurait très bien pu se croiser, comme elle vivait à Missy, mais... Quoi qu'il en soit, nous ne nous sommes pas connues avant la deuxième année de maturité, quand nous sommes tombées dans la même classe. Claire a seulement trois mois de moins que moi, et... pardon, ça ne vous intéresse pas, finit-elle par murmurer, gênée.

– Au contraire! Continuez, s'il vous plaît, fit Delphine avec un sourire encourageant.

– Nous nous sommes tout de suite bien entendues, on avait des centres d'intérêt communs et ça nous a rapprochées. Après le gymnase, nous avons commencé le même cursus universitaire à Neuchâtel. On était tout le temps fourrées l'une chez l'autre, on s'écrivait des messages jusqu'à pas d'heure, on se réconfortait quand les études pompaient notre énergie.

La voix de Garance se brisa, mais elle sourit quand même à travers ses larmes.

– C'était vraiment une belle époque, j'aurais voulu que ça ne s'arrête jamais. Mais forcément, on a fini par s'éloigner. Beaucoup s'éloigner.

Esther jeta un coup d'œil victorieux à Delphine, qui ignora sa collègue. La Lausannoise était de plus en plus exaspérée par l'attitude de sa coéquipière. Celle-ci ne montrait aucun signe d'empathie et semblait plus prête à se livrer à une sorte de compétition puérile qu'à utiliser son énergie pour résoudre l'affaire.

– Je lui écrivais souvent pour la féliciter pour ses reportages et Claire m'envoyait aussi des messages en réaction à mes articles, quand elle avait le temps de les lire. Son emploi du temps chargé faisait qu'on ne pouvait quasiment jamais se voir. Alors forcément, j'ai été ravie quand elle m'a contactée il y a quelques semaines pour me parler de son projet de reportage dans la Broye.

– Est-ce qu'elle est venue avec une équipe de la RTS?

– Non, non. On était encore dans le processus de repérages et de récolte d'informations: trouver des témoins qui accepteraient de nous raconter ce qu'ils savent, se familiariser avec les lieux et les faits, vérifier si ces faits sont véridiques... Bref, c'était juste nous deux pour le moment, mais une fois qu'on aurait eu assez de matière, on aurait pu passer aux choses sérieuses. Après, vous savez, je ne m'y connais pas plus que ça, je suis dans la presse écrite, donc je découvrais un peu ce milieu. Claire m'avait proposé de réaliser un article en parallèle et de participer activement au reportage, inutile de dire que j'étais très enthousiaste.

– Vous pourriez nous en dire plus sur l'enquête que vous meniez? On n'a pas vraiment eu le temps d'en parler longuement hier, mais j'ai fait quelques recherches dans la soirée. Vous comptiez parler de l'affaire de l'EMS des Jonquilles à Vallon, c'est ça?

Esther se racla la gorge et posa la tasse de thé encore pleine qu'elle tenait dans les mains.

– Mais cette histoire date, non? La responsable a été arrêtée et l'enquête bouclée. Un bref silence accueillit sa déclaration.

– Vous avez raison, madame Notari, acquiesça finalement Garance. Je me suis d'ailleurs fait la même réflexion quand Claire m'en a parlé au téléphone. J'avais moi-même couvert l'affaire pour *La Liberté* et l'aide-soignante qui avait été tenue pour responsable avait avoué, donc tout le monde partait du principe que ça en resterait là.

– Mais vous avez quand même fourré votre nez là-dedans ?

Delphine fusilla Esther du regard. Son manque de professionnalisme commençait à sérieusement l'agacer. Qui lui avait appris à poser des questions de manière aussi abrupte ? Garance, quant à elle, ne sembla pas désarçonnée par la formulation et se contenta de répliquer :

– En fait, Claire a été contactée par une source qui disait que l'aide-soignante était innocente. Qu'elle avait subi un chantage de la part des vrais responsables.

– Et on peut savoir qui était cette source ?

Garance hésita quelques secondes.

– Marta Orlova.

– Qui est-ce ?

– La fille d'Ida Orlova, l'aide-soignante en question. Son nom ne vous est pas familier, comme les médias ont toujours parlé d'elle en employant un nom d'emprunt. C'est une ressortissante biélorusse qui vit en Suisse depuis à peu près deux ans. Il me semble qu'elle a commencé à travailler à Vallon presque immédiatement après son arrivée dans le pays, mais comme vous le savez, elle a été renvoyée après toute cette affaire de vols en série et…

– La fille de la coupable qui clame que sa mère est innocente, ça ne vous paraît pas bizarre ? Pardon, mais je suis moyennement convaincue.

Garance regarda le fond de sa tasse tout en s'humectant les lèvres. Delphine comprit qu'elle faisait de gros efforts pour ne pas fondre en larmes et décida de mettre un terme à l'entretien.

– Madame Dupraz, nous avons promis de ne pas abuser de votre temps. Nous vous recontacterons très probablement, mais pour le moment nous allons vous laisser tranquille. Nous nous rendrons à Vallon et mettrons tout ça au clair.

Esther claqua de la langue tout en fusillant sa collègue du regard.

– Selon moi, il est urgent que vous nous donniez plus d'informations. Vous avez dit à ma collègue que le responsable de l'EMS avait eu une attitude plutôt agressive quand vous vous êtes rendues à Vallon?

– Claire et moi nous sommes rendues à Vallon le 7 octobre en fin d'après-midi. Comme on n'avait pas vraiment le droit d'aller interroger des témoins, on a prétexté une visite. On a pu parler à plusieurs employés, mais le responsable est intervenu quand il s'est rendu compte que nous n'étions pas de simples visiteuses. Enfin, bref, je me suis excusée et je suis retournée à la voiture, mais Claire a insisté, et elle s'est pris la tête avec ce type. Comme j'étais dans la voiture, je n'ai pas entendu les détails, mais ça avait l'air particulièrement violent. Je crois qu'il l'a assez copieusement injuriée. En tout cas, il niait toutes nos accusations. Ensuite, j'ai déposé Claire à Chesard et on s'est donné deux jours pour réfléchir à un nouveau plan d'attaque. On devait manger ensemble vendredi, mais elle ne répondait pas à mes appels ni à mes messages.

– Vous ne vous êtes pas inquiétée?

– J'aurais dû... bien sûr que j'aurais dû. Mais Claire est tellement indépendante. Même durant nos études, elle pouvait s'isoler pendant des jours pour rendre un seul travail. Et comme nous avions de toute façon rendez-vous...

Delphine vit que Garance semblait être sur le point de définitivement s'effondrer.

– Merci beaucoup, madame Dupraz, cette fois c'est fini, on y va. Merci infiniment de nous avoir accordé autant de temps. Vous avez toute ma sympathie ainsi que celle de ma collègue.

Delphine donna sa carte de visite à Garance tout en lui demandant de l'appeler si un élément important lui revenait, ou si elle avait simplement besoin d'une oreille attentive. En réponse, Garance lui confia une clé USB contenant les quelques informations qu'elle avait compilées avec Claire sur l'affaire de l'EMS des Jonquilles. Esther était déjà sortie de la maison sans un regard en arrière. Delphine la rejoignit et les deux femmes s'éloignèrent en direction de la voiture. Delphine s'assit côté passager et fouilla son sac à la recherche de son dictaphone.

– Nous nous sommes rendues chez Garance Dupraz, qui a côtoyé la victime les jours précédant sa mort. Elle habite – Delphine tendit le cou en direction d'un panneau bleu situé derrière la voiture – Impasse de la Petite-Crêta 18, Les Planches, canton de Fribourg. Nous...

Esther arracha le dictaphone des mains de Delphine et l'éteignit.

– Vous le ferez chez vous, on n'a pas le temps pour ça. Si vous voulez être utile, appelez le poste et demandez ce qu'on doit faire maintenant.

Delphine ressentit une montée de colère se propager dans son corps et dut se faire violence pour ne pas exploser. Les mains tremblantes, elle sortit son portable de sa poche.

* * *

Delphine avait le sourire jusqu'aux oreilles. Le paysage qui s'offrait à elle faisait qu'elle en voulait déjà moins à Cédric Bettex. Au téléphone, ce dernier lui avait ordonné de prendre du temps pour revenir au poste avec des éléments concrets, d'aller faire un tour avec Esther, de discuter de l'enquête ensemble et d'en profiter pour apprendre à la connaître. Apprendre à la connaître? Delphine avait eu envie de rire. Son moral était remonté en voyant la mine défaite qu'Esther avait affichée quand elle lui avait communiqué les instructions de Cédric. En prime, Delphine profitait maintenant de la magnifique vue sur le lac qu'offraient Les Planches. Le bleu du lac semblait incandescent et le ciel gris ne faisait que renforcer cette impression. Le vent soufflait doucement et faisait tourbillonner les feuilles esseulées. Le spectacle était magique et Delphine en savourait chaque seconde. Lausanne lui manquait par certains aspects, mais les paysages de la Broye étaient indiscutablement supérieurs à ceux de sa ville d'origine. La petite brise qui faisait voleter ses cheveux bouclés lui donnait envie de rire comme une enfant. La jeune femme sentit soudainement une présence dans son dos. Delphine se renfrogna et tenta de se constituer un sourire avant de tourner la tête.

– Vous appréciez cet air frais, Esther? Le lac de Neuchâtel est vraiment beau aujourd'hui, non?

S'attendant à être de nouveau copieusement ignorée, Delphine manqua de s'étouffer quand elle entendit la voix d'Esther.

– Oui, c'est encore plus joli que d'habitude.

– Vous... vous venez souvent ici ?

– Mes grands-parents habitaient Forel, donc je connais le coin. Et je venais souvent ici courir avec...

Esther cessa soudainement de marcher. Son visage se crispa et son ton redevint cassant.

– Retournons à la voiture. Je vous dépose chez vous et on réfléchit chacune de son côté. C'est pas l'école des fans. De toute façon, on aura sûrement le feu vert du procureur pour aller à l'EMS d'ici demain et je doute qu'on ait de nouveaux éléments jusque-là.

Grand-Rue de Payerne, appartement d'Esther Notari, 20 h 25

Esther Notari fixait avec dégoût la bouteille qu'elle tenait entre les mains. Le goût âpre du jus d'orange lui donnait envie de vomir. C'était curieux, même si elle détestait ce breuvage, elle continuait à en acheter religieusement chaque semaine. La Payernoise s'assit sur son canapé en soupirant. Télécommande à la main, elle cherchait du regard la touche reliée à la fonction replay. Regarder la télévision n'avait jamais fait partie de son quotidien. Après quelques minutes, la jeune femme parvint finalement à trouver des numéros de *Bruits de couloir* encore disponibles. Elle cliqua sur le plus récent, diffusé la veille, et se leva pour remettre la brique de jus d'orange au réfrigérateur.

« Dans un instant, un nouveau numéro inédit de *Bruits de couloir*, présenté par Claire Alderman. »

Une page de publicité se lança tandis qu'Esther refermait sans ménagement la porte du frigo. Son regard s'attarda sur l'une des rares photos y étant aimantées. Un homme aux cheveux courts et ondulés regardait une femme à la longue tignasse châtain en souriant à pleines dents. La bouche légèrement entrouverte ainsi que son expression de mécontentement semblaient suggérer que la photo avait été prise à la volée. Esther avait l'impression de toujours entendre son petit cri de protestation ainsi que le rire contagieux de Bruno qui avaient résonné dans l'habitacle de la voiture. Quand celui-ci lui avait offert cette photo avec sa carte de Noël, presque cinq ans auparavant, il n'avait pas manqué de lui faire remarquer le fard qu'elle piquait sur le cliché. À grand renfort de balbutiements, elle avait mis la rougeur de ses joues sur le compte de la vague de froid tenace qui s'était abattue sur la Broye durant tout l'automne 2010. Un petit pouffement silencieux secoua son corps tandis qu'une sensation de picotement devenue familière envahissait ses deux yeux. Une grande inspiration. Une seconde. S'asseoir sur le canapé et ne plus y penser. Esther attrapa une banane trop mûre et se laissa tomber sur le divan, la vue brouillée par les larmes. Son incapacité à gérer ses émotions devenait chaque jour plus étouffante. Les dents serrées, Esther se saisit de la télécommande pour avancer jusqu'au début de l'émission. La manœuvre s'avéra inutile, le visage d'une jeune femme souriante s'affichant déjà sur l'écran. Tailleur parfaitement ajusté, dents visiblement artificiellement blanchies et maquillage impeccable : Claire Alderman était dans son élément. Le sourire professionnel scotché sur le visage et le ton assuré avec lequel la journaliste s'exprimait complétaient le tableau qu'Esther considéra avec une once de mépris.

– Bonjour à toutes et à tous ! Bienvenue dans ce numéro de *Bruits de couloir*. Je suis particulièrement heureuse de vous retrouver aujourd'hui, car l'affaire que mes équipes et moi-même avons choisi de traiter tient une place très spéciale dans mon cœur. Croyez-moi, les informations que nous allons vous révéler ce soir sont totalement inédites et relèvent même, nous pouvons le dire… du secret d'État.

Esther mordit dans sa banane, un sourcil haussé. Il fallait toujours que ces journaleux en fassent des caisses. Pour le moment, Claire Alderman ne lui faisait pas grand effet. La journaliste donnait l'impression d'être assez imbue de sa personne. La Payernoise cliqua plusieurs fois sur avance rapide et, intriguée, finit par reprendre le visionnage en apercevant de manière fugace ce qui ressemblait à un sprint piqué par la jolie blonde, visiblement à la poursuite d'un homme s'apprêtant à monter dans une voiture.

– Monsieur Vallière ! S'il vous plaît, un commentaire pour la RTS ! Est-ce que vous pensez réellement avoir une chance d'échapper à une condamnation ? Selon de nombreux spécialistes, tous les voyants sont au vert pour que la sentence soit exemplaire, qu'en pensez-vous ? Monsieur !

L'homme poursuivi, dont le visage parut familier à Esther, finit par s'engouffrer dans une berline noire qui démarra sur les chapeaux de roues. Claire Alderman, à peine essoufflée, se retourna et s'adressa à la caméra en portant son micro à la hauteur de sa bouche.

– Monsieur Vallière ne fait pas de commentaire, et il a peut-être bien raison. En effet, le nombre de chefs d'accusation pesant sur lui est particulièrement important. Selon certains observateurs, ses avocats seraient en grande difficulté depuis l'ouverture du procès.

La suite du reportage happa l'attention d'Esther, qui ne parvint pas à décoller son regard de l'écran. Elle se souvenait pourquoi le visage de l'homme dont il était question ne lui était pas totalement inconnu. Une histoire de politique, quelque chose comme de la corruption, avec un voyage à Oman ou dans ce coin-là. Avait-il été accusé de détournement de fonds? Peut-être qu'elle confondait? Impossible de s'en souvenir avec précision. La voix off de Claire Alderman prit le relais, sur fond de coupures de journaux locaux défilant à l'écran.

«Originaire de Lucens, David Vallière a toujours été une personnalité particulièrement controversée du paysage politique suisse. Son ascension fulgurante au sein de l'UDC, qui le mènera jusqu'aux portes du Conseil fédéral, se soldera pourtant par un scandale retentissant dont les retombées ont fait trembler jusqu'aux pontes du parti conservateur. Touchant aux mœurs les plus sensibles et ayant une profonde composante éthique, l'affaire...»

Mais oui. Bien sûr qu'Esther s'en souvenait. Elle avait tilté quand l'aspect moral avait été évoqué. Ce type avait eu une aventure avec une ado, quelques années auparavant. Le résumé de l'affaire confirma les souvenirs de la jeune policière. Alors que David Vallière avait la cinquantaine bien entamée, il avait été reconnu dans un hôtel sédunois en compagnie d'une ado de quinze ans. Est-ce qu'à cet âge-là, on est considéré comme une ado? Visiblement oui, mais pour la Payernoise, quinze ans était un stade plus proche de l'état de fœtus que de celui d'adulte. Sans s'en rendre compte, Esther secouait la tête de gauche à droite tout en pétrissant la pelure de banane qu'elle tenait dans les mains. Elle se surprit à ressentir une vague de colère mêlée de pitié. D'abord et surtout pour cette pauvre fille, qui – comme si cela ne suffisait pas – s'était révélée par la suite être en situation illégale dans le pays et à qui Vallière avait fait miroiter un « arrangement ». Bien évidemment pas gratuit. Et puis aussi pour Claire Alderman, qui semblait véritablement touchée par cette affaire, mais ne serait pas en vie pour voir cette pourriture se faire humilier devant un parterre de journalistes lors de l'annonce du verdict. Esther reconnaissait au moins ça à la victime. Elle méritait de voir ses efforts et son travail récompensés.

* * *

De la sueur dégoulinait sur le front d'Esther. Assoupie sur le canapé, la jeune femme était en proie à un cauchemar dont elle ne parvenait pas à se défaire. Dans la tête de la policière, une voix se faisait de plus en plus insistante.

– Tu m'as abandonné, Notari. J'avais besoin de toi et tu m'as abandonné. Regarde-moi, regarde ce qui est arrivé par ta faute.

Les larmes coulaient sur les joues d'Esther, qui tentait de hurler. Pourtant, aucun son ne parvenait à se frayer un chemin hors de sa cage thoracique. Les ténèbres dans lesquelles son cauchemar l'avait plongée lui permettaient d'entrevoir une silhouette masculine chancelante lui faisant face. Alors que l'homme se rapprochait, une bouche ensanglantée se dessina dans la pénombre. Le hurlement de terreur qu'Esther réussit finalement à pousser la tira de son sommeil. La policière, pantelante, dut se faire violence pour garder le contenu de son estomac dans sa bouche tout en se traînant jusqu'aux toilettes. Les entrailles en feu, la jeune femme tentait sans succès de reprendre sa respiration. La sensation de suffoquer était telle que son champ de vision vira au noir. Les jambes parcourues de soubresauts incontrôlables, elle finit par s'allonger sur le carrelage glacé de la salle de bain.

Vallon, EMS des Jonquilles, dimanche 11 octobre 2015, 9 h 25

D'un coup sec de volant, Esther parqua la voiture devant le numéro 13 de la route de la Chaumière. Delphine nota que sa collègue, dont les yeux étaient soulignés de cernes violacés, semblait encore plus fermée que d'habitude. Au poste, elle n'avait pas ouvert la bouche à une seule reprise et n'avait manifesté son assentiment au programme de la journée que par un hochement de tête à peine perceptible.

Les deux femmes se dirigèrent vers l'accueil de l'établissement médico-social, dont l'apparence rappelait plus une jungle qu'un bureau compte tenu du nombre grotesque de plantes vertes en tout genre qui décoraient l'entrée. Une secrétaire s'y entretenait avec un homme chauve, la cinquantaine bien entamée.

Delphine s'avança et demanda à parler au responsable. L'homme qui faisait face à l'employée se retourna avec un large sourire.

– C'est moi ! Frédéric Guillod, enchanté. Que puis-je pour vous ?

– Bonjour, monsieur Guillod. Brigade criminelle. Nous aimerions vous poser quelques questions et parler avec les employés ainsi que les résidents de l'établissement.

Le sourire de Frédéric Guillod s'effrita progressivement pour ne devenir plus qu'une grimace. La secrétaire jeta un coup d'œil en biais à la scène.

– Je suis désolé, vous aurez la gentillesse de repasser un autre jour. Nous sommes dimanche, les résidents se reposent et...

– Arrêtez votre numéro, coupa Esther. Nous avons l'autorisation du procureur, ce qui fait que vos petites requêtes, pour faire court, on s'en cogne. Claire Alderman, ça vous dit quelque chose, j'imagine ?

Delphine sentit le sang affluer dans sa tête. La Lausannoise serra les dents. Elle ne pouvait pas se permettre de laisser Esther piétiner cette enquête avec son attitude. Elle s'apprêtait à calmer le jeu quand Frédéric Guillod ricana.

– Vous allez pas me dire que cette sale garce est carrément allée voir les flics ? Elle manque pas d'air. C'est moi qui aurais eu toutes les raisons de vous appeler, je peux vous dire !

– Monsieur Guillod, je vous invite à mesurer vos propos, dit Delphine.

– Et pourquoi ça ? Cette peste débarque ici et croit qu'elle peut faire la loi parce qu'elle est Claire Alderman ? Elle a profité de son semblant de notoriété pour pousser les résidents et les employés à dire n'importe quoi.

– Nous nous ferons une idée nous mêmes. Maintenant, laissez-nous faire notre travail, s'il vous plaît.

– Écoutez-moi bien, madame...

– Vaucher.

– Madame Vaucher, je peux vous assurer que vous perdez votre temps, fit Frédéric Guillod, le ton mielleux. Cette fille est une tarée qui est arrivée ici en racontant des mensonges scandaleux. Je ne la laisserai pas entacher l'image de mon établissement. Alors dites-lui que je suis désolé pour les noms d'oiseaux. Mais qu'elle aille bien se faire foutre pour ce qui est de son enquête ou peu importe comment elle appelle ça.

– Nous ne serons pas en mesure de faire passer le message malheureusement, fit Delphine.

– Dans ce cas, dites-le à son avocat, à son père, à son chat, je m'en fous ! Mais je ne regrette pas d'avoir protégé le nom de mon établissement contre ses calomnies. Alors qu'elle arrête de venir m'emmerder et je ne porterai pas plainte contre elle pour diffamation.

– Je me réjouis de vous voir porter plainte contre une morte.

La bombe lâchée par Esther figea immédiatement les trois autres personnes présentes dans la pièce. La secrétaire plaça une main devant sa bouche, les yeux exorbités. Frédéric Guillod chancela, le teint blême. Delphine adressa un regard consterné à Esther qui répondit par un haussement d'épaules désinvolte.

Le responsable de l'EMS finit par reprendre la parole, la voix tremblante.

– Attendez, elle est morte ? Vous pensez pas que c'est moi ? D'accord, je n'appréciais pas vraiment cette fille... mais c'est terrible. Elle était si jeune. Je... allez parler avec qui bon vous semble, je veux pas d'emmerdes.

– Merci de garder cette information pour vous, c'est capital pour le bon déroulement de l'enquête. Nous nous sommes bien compris ?

Le ton ferme de Delphine ne laissait pas place à la discussion. Elle poursuivit :

– J'aurais également besoin de m'entretenir avec vous, monsieur Guillod. Vous comprendrez aisément que nous ayons besoin de votre alibi ainsi que d'un témoignage plus détaillé de votre altercation avec la victime. Pour ça, nous vous convoquerons au poste.

– Bien sûr... oui, oui, je vais collaborer.

Esther lança un regard de mépris à Frédéric Guillod et s'adressa sèchement à la secrétaire.

– Vous, venez avec moi dans une autre pièce.

* * *

Esther et Delphine étaient à pied d'œuvre dans l'une des pièces à vivre de l'EMS depuis maintenant plus de quatre heures. Elles interrogeaient un maximum de résidents et d'employés, mais les réponses obtenues étaient vagues ou sans intérêt. Autre difficulté : Frédéric Guillod se tenait debout dans l'encadrement de la porte en jetant des regards lourds de sens aux employés qui étaient interrogés par les deux jeunes femmes. Les murs jaune canari et les canapés élimés donnaient la nausée à Esther, qui commençait à sérieusement trépigner.

– Oh mais j'étais véritablement abasourdie de voir Claire ici ! Comme elle est jolie, et puis elle s'exprime si bien !

Esther tenta d'interrompre pour la cinquième fois Bérangère Jacottet, huitante-cinq ans.

– Madame Jacottet, est-ce que Claire Alderman...

– C'était comme à la télé, vous comprenez? Je regrette bien qu'elle ait été si pressée, elle n'a pas pu répondre à toutes mes questions sur les coulisses de l'émission.

Esther se faisait violence, mais elle était exaspérée par l'enthousiasme démesuré des résidents à chaque fois que le nom de Claire Alderman était mentionné. Elle était parfois même saisie de l'envie de leur dire qu'ils ne la verraient plus jamais à l'écran. Mais la Payernoise savait aussi se montrer mesurée, et puis elle devait bien avouer que le portrait que les témoins dépeignaient de la jeune journaliste était plutôt flatteur. Elle avait l'air d'être une personne motivée qui ne lâchait rien. Entre ça et les reportages qu'elle avait regardés hier, Esther commençait à se dire qu'elle l'aurait très certainement appréciée. Ça ne risquait pas d'arriver avec Vaucher.

Celle-ci ne montrait pas le moindre signe de fatigue malgré le nombre incalculable de questions qu'elle avait posées aux employés et aux résidents des Jonquilles. Elle faisait désormais face à une petite femme aux cheveux auburn.

– J'aurais besoin de votre nom et de votre poste au sein de l'établissement.

Delphine fit cliqueter son stylo tout en observant fixement son interlocutrice. Cette dernière fuyait son regard.

– Je m'appelle Margot Cochin. Je suis infirmière.

– Quel type de questions Claire Alderman vous a-t-elle posées quand elle est venue aux Jonquilles mercredi dernier?

Margot déglutit.

– Je n'ai pas vraiment eu le temps de...

– Mais vous lui avez parlé?

– Je... euh... oui, en quelque sorte. Mais c'est quand je lui parlais que M. Guillod a compris qui elles étaient et les a chassées, elle et sa collègue.

– Madame Cochin, aviez-vous des informations importantes à leur communiquer? Elles vous ont parlé d'Ida Orlova, non?

Margot secoua la tête de droite à gauche avec un petit sourire désolé. Seulement, son discours trancha avec son attitude.

– Monsieur Guillod est en train de nous regarder depuis le fond de la pièce... Mais c'est vrai, poursuivit-elle à voix basse, elle m'a demandé si je savais la vérité sur l'affaire des objets de valeur volés aux résidents.

– Merci quand même, madame Cochin, contactez la police si un détail utile vous revient, lança Delphine en parlant de manière à être entendue par Frédéric Guillod. Rejoignez-moi dans une dizaine de minutes à l'extérieur, ajouta-t-elle à mi-voix en se levant.

Elle fit signe à Esther de la rejoindre. Cette dernière, toujours en train de subir le long monologue de Bérangère Jacottet, ne se fit pas prier et se leva précipitamment du fauteuil dans lequel elle avait eu l'impression de fondre durant les quatre dernières heures.

– Je dois y aller, madame Jacottet. Tenez! M. Guillod est aussi un fan inconditionnel de Claire Alderman, racontez-lui ce que vous avez pensé de son enquête sur la toxicité des couches pour bébé, votre analyse avait l'air très intéressante.

– Oh mais oui! Monsieur Guillod, venez vous asseoir vers moi!

* * *

Delphine et Esther regardaient Margot Cochin s'éloigner en direction de l'EMS. Après quelques minutes d'hésitation, la jeune femme avait fini par expliquer aux enquêtrices la vraie raison du renvoi d'Ida Orlova. Celle-ci avait été accusée de nombreux vols commis auprès des résidents. Selon Margot Cochin, les vols avaient bien eu lieu, et en très grand nombre. Simplement, ils n'étaient pas du fait d'Ida. La malheureuse avait été menacée par Frédéric Guillod qui lui avait fait croire qu'il était en mesure de les renvoyer au Belarus, elle et sa fille, si elle n'acceptait pas de porter le chapeau. Ida Orlova avait pris peur et avait accepté les conditions de Guillod, qui protégeait la vraie responsable : sa nièce, qui, en échec scolaire, effectuait un stage non rémunéré dans l'EMS. Cette dernière n'avait eu aucun scrupule à dérober tout ce qui lui passait sous la main, jusqu'au jour où les vols avaient été remarqués par certains des proches des patients. Margot Cochin avait également expliqué qu'elle avait appelé Claire mercredi soir afin de tout lui expliquer, mais que la journaliste avait raccroché en expliquant que quelqu'un sonnait à sa porte. Ce dernier point avait suscité l'intérêt de Delphine.

– En tout cas, espérons que Margot acceptera de témoigner au sujet de l'affaire Orlova. La pauvre, elle a vraiment l'air terrifiée par Frédéric Guillod, fit remarquer Delphine.

– Je pense que ça ne devrait pas poser problème. Sa version des faits sera sans doute confirmée par d'autres employés. On contacte la police fribourgeoise, elle se chargea de tout ça, répliqua Esther. C'est plus notre problème.

Delphine consultait son téléphone tout en marchant d'un bon pas.

– Revenons-en à notre affaire. Il faut contrôler l'alibi de ce Guillod, mais compte tenu de sa réaction initiale… C'est une pourriture, mais est-ce que c'est une pourriture qui peut tuer une jeune femme de sang-froid ? Et puis quand on aura le relevé des appels de Claire Alderman, on verra précisément l'heure à laquelle son coup de fil avec Margot Cochin a été interrompu. En tout cas… et merde, s'étrangla soudainement la jeune femme en s'arrêtant net.

– Quoi ?

– Regardez, c'est sur l'application mobile de *24 heures*. Il y a des articles sur la mort de Claire. L'enquête va se corser si on doit déjà commencer à rendre des comptes à la presse.

Esther saisit le téléphone des mains de Delphine et soupira avec agacement en prenant connaissance du contenu affiché sur l'écran. Tout en rendant le portable à sa collègue, la jeune inspectrice réfléchit à voix haute.

– C'est forcément quelqu'un de nos services, impossible que l'autre enflure ou la secrétaire aient balancé l'info suffisamment rapidement pour que des articles soient déjà publiés. Ils donnent des infos précises ?

– Non, ils se cantonnent à dire qu'elle est décédée. Mais inutile de se leurrer, le tout va finir par être rendu public, ce n'est qu'une question d'heures.

– On est bien d'accord…

Delphine, surprise, regarda Esther avec un large sourire.

– Vous emballez pas, hein… J'ai juste dit qu'on était d'accord, croyez pas qu'on va se faire une manucure party en buvant des petits jus !

Delphine éclata joyeusement de rire.

– Vous payez pas de mine, au premier abord, mais vous avez de l'humour, Esther.

Celle-ci, déstabilisée, ne sut que répondre.

Commissariat de Payerne, dimanche 11 octobre 2015, 14h45

Esther écornait machinalement chacune des feuilles qu'elle avait entre les mains. Cédric finit la distribution des dossiers et se rassit. François et Marc, tout juste revenus de chez les parents Alderman, prirent également place. Chacun des onze agents installés autour de la table de réunion parcourait déjà le contenu de l'imposant tas de feuillets glissé dans les porte-documents. Cédric regardait fixement Esther qui tressaillit en croisant son regard. Le policier prit la parole sans quitter sa collègue des yeux.

– Est-ce que tout le monde est concentré ? Très bien. Ce que vous avez devant vous contient peut-être la raison de la mort de Claire Alderman. Il s'agit d'une liste des numéros avec lesquels elle a eu des échanges téléphoniques dans les jours précédents son décès. Euh... je veux pas vous dire de bêtises, dit Cédric en prenant rapidement connaissance du dossier. Oui, voilà ! Il y a aussi des copies des messages qu'elle a envoyés et reçus.

– C'est le numéro de Margot Cochin ici? demanda Delphine en désignant une des lignes du tableau datée du 7 octobre. À 18h35? C'est le dernier numéro auquel elle a répondu, donc ça collerait.

L'un des policiers se tourna vers la Lausannoise en haussant un sourcil.

– Margot Cochin?

– L'infirmière de l'EMS de Vallon. Elle a appelé Claire le soir de sa mort, mais d'après elle, elles n'ont pas pu...

– T'avais qu'à écouter, Marc, on a déjà expliqué tout ça quand on est revenues de Vallon, coupa Esther avec virulence. L'appel dure seulement une quinzaine de secondes, donc c'est Cochin, ajouta-t-elle froidement à l'intention de Delphine.

Cédric s'empressa de reprendre la parole avant que le conflit naissant ne s'envenime.

– On contrôlera pour l'infirmière. Quelqu'un note un autre élément intéressant?

Delphine s'humecta les lèvres.

– Le nombre de messages reçus après sa mort n'est pas très conséquent. Un de l'oncle pour demander si le ballon d'eau chaude fonctionnait, quelques-uns de Garance Dupraz pour confirmer qu'elles mangeraient bien ensemble le 9 à midi. Elle s'inquiétait déjà un peu que Claire ne réponde pas. Merde, Garance est vraiment arrivée au pire moment. Aucun appel ou message de la part de ses parents entre sa mort et la découverte du corps. C'est étonnant. Je sais pas vous, mais en ce qui me concerne, mes parents me contactent directement si je ne leur donne pas de nouvelles.

– Vous avez douze ans?

Delphine fut la seule à rire de la remarque acide d'Esther.

– On va dire que vous marquez un point, Esther. Mes parents sont un peu trop collants, donc mon jugement est sans doute faussé.

– Ceux de Claire n'ont pas l'air d'être faits dans le même moule que les tiens, fit Marc. Je sais pas ce que t'en penses, François, mais d'après moi, ils n'étaient pas forcément très fusionnels.

– C'est vrai que la mère n'était pas complètement effondrée comme certains parents peuvent l'être en entendant la même nouvelle. Bien sûr, elle était très choquée, mais on pouvait parler posément avec elle. Elle restait très lucide.

– Elle a pu vous donner des renseignements intéressants ?

Marc regarda Cédric en haussant les épaules.

– Oui et non. Sa fille était très indépendante. Elle ne lui connaissait pas d'ennemis. Son mari et elle avaient une bonne relation avec leur fille, mais le lien n'était pas non plus... enfin voilà, quoi.

François acquiesça.

– Je crois que Claire était plus proche de son père que de sa mère, même si les deux s'entendaient très bien. La mère est laborantine et le père enseignant de français et d'histoire, donc j'imagine que niveau centres d'intérêt, ça collait plus entre Claire et lui. Ils étaient très fiers de la carrière de Claire, ils enregistraient toutes ses émissions. Et bien sûr, l'article de *L'Illustré* était déjà encadré. Mais entre l'éloignement géographique et l'indépendance de la gamine...

– En gros, ils se parlaient pas tous les jours, même si la famille était loin d'être en froid, compléta Marc.

Cédric leva les yeux au ciel, l'air pensif.

– Je n'ai parlé que très brièvement avec la mère de la victime hier, le temps de vérifier l'histoire de la baraque, mais elle m'a donné l'impression d'être réellement sous le choc, effectivement. Bon, donc les parents ne sont a priori pas des coupables potentiels.

– Ça m'étonnerait, franchement, rétorqua Marc. On a eu la confirmation que le père était bien en séminaire à Zurich, donc il n'est pas soupçonné.

– On ira lui parler à son retour, mais on laisse quand même passer un peu de temps. Inutile d'aller harceler les parents, on leur fiche la paix pour le moment. S'ils ne savent pas grand-chose de la vie que leur fille menait ces derniers mois, ils ne nous seront pas plus utiles que ça. François et Marc, vous êtes aussi allés à Chesard, ou vous n'avez pas eu le temps?

– On a fait un passage express, on y retourne après. J'ai pu parler avec une certaine Michèle Isella, mais à part me faire pisser dessus par son clebs, j'en ai rien tiré.

Des gloussements s'élevèrent dans la salle de réunion et le visage de Cédric se fendit d'un franc sourire. Esther sentit son cœur se réchauffer en voyant Cédric arborer une mine détendue, mais sursauta quand le regard de ce dernier croisa le sien.

– Je vous assure que c'était encore plus drôle en vrai, se rengorgea François.

Marc le considéra d'un air furibond et finit par s'éclaircir la voix, mal à l'aise.

– Oui, enfin sur une note plus sérieuse, on a au moins pu grappiller une info intéressante chez les voisins.

Cédric, qui avait retrouvé son flegme habituel, interrompit Marc.

– Les voisins ? Les gens de la ferme d'en face, je présume ?

– Exact. Alice et Claude Morel. Ils ont presque nonante ans, donc je me suis rendu chez eux sans grand espoir en matière de récolte d'informations, mais la femme m'a dit quelque chose qui pourrait nous intéresser. Enfin, d'après moi, c'est un élément qui serait vraiment un bon coup de pouce s'il se trouve être vrai.

Cédric commençait à boucher et déboucher nerveusement le stylo qu'il tenait à la main. De nature impatiente, le trentenaire avait horreur des gens qui n'allaient pas droit au but. Marc remarqua l'attitude de son supérieur et conclut rapidement sa tirade.

– Tout ça pour dire qu'Alice Morel a vu une voiture à laquelle il manquait un feu quitter le domicile de Claire Alderman aux alentours de... attendez, laissez-moi regarder mon calepin... oui, voilà. Vers 18 h 50.

Cédric fronça les sourcils. Il se méfiait de ce genre d'information qui semblait trop belle pour être vraie.

– Comment est-ce qu'elle a pu être aussi précise ? Tu as dit qu'elle avait pas loin des nonante ans, à cet âge-là, on oublie totalement ce genre de détails, non ?

– C'était l'heure de *Top Models* sur la RTS, répondit laconiquement Marc. Donc elle s'en souvient bien.

Payerne, restaurant La Scala, dimanche 11 octobre 2015, 19 h 40

Le brouhaha dans lequel baignait La Scala sonnait comme une douce musique aux oreilles de Delphine. Les rires de ses nouveaux collègues ainsi que le plat de spaghettis au pesto rouge que l'on venait de lui apporter boostaient son moral. De plus, l'absence d'Esther était un véritable soulagement pour la Lausannoise. La perspective de se retrouver ostracisée par les autres policiers, comme sa collègue l'était, lui avait mis du plomb dans l'aile pendant une bonne partie de la journée. Mais les attentions des autres ainsi que la gentillesse qu'ils lui témoignaient avaient finalement réussi à la rassurer. Le regard de Delphine passait machinalement en revue les personnes attablées. Toutes souriaient et bavardaient joyeusement. Cédric restait légèrement en retrait, et la présence d'une barre sur son front laissait entrapercevoir ses inquiétudes quant à l'évolution de l'enquête. Delphine avait l'impression de parvenir à percevoir le ressenti de son supérieur.

Elle aussi sentait une pointe d'inconfort, même cette courte pause dans l'enquête semblait être de trop. Elle ne doutait cependant pas de l'investissement de ses collègues. Elle n'avait pas été témoin à une seule reprise d'un semblant de relâchement ou d'un quelconque manque de professionnalisme. Tous semblaient réellement touchés par le sort de Claire Alderman et la volonté de trouver le responsable ne faisait pas de doute. Même Sandra, qui n'avait pas fait grande impression à l'enquêtrice, avait montré un visage alerte et à l'écoute lors des briefings. Son regard croisa soudainement celui de Delphine. Gênée d'avoir été prise en flagrant délit, celle-ci adressa un pauvre sourire crispé à sa nouvelle collègue.

– Delphine, tout va bien?

Après un instant de réflexion, la quadragénaire poursuivit en baissant la voix.

– Tu cherches les toilettes peut-être?

Delphine bondit sur l'occasion et hocha vigoureusement la tête.

– Oh! ma chérie, il fallait le dire plus tôt. Je t'accompagne, c'est un peu difficile à trouver la première fois.

Delphine était tellement amusée par le ton employé par Sandra qu'elle ne songea même pas à se sentir mal à l'aise. Sa collègue semblait être une boute-en-train particulièrement énergique. La nouvelle venue eut par ailleurs droit à un récit simplifié de la vie de sa bienfaitrice durant tout le trajet, pause pipi comprise.

– Je ne te raconte même pas la naissance de mon aînée. Un massacre. Ah, dire que je pensais avoir fait le plus dur au moment où je l'ai tenue dans mes bras. C'est une ado terrible. Terrible. Par moments, quand elle me répond en roulant des yeux, elle me fait même penser à Esther. C'est te dire à quel point elle peut être insupportable. D'ailleurs, n'hésite pas à discuter avec Cédric de cette co... collègue. Il n'a pas les idées claires parce qu'il a toujours eu un petit béguin pour elle, mais il y a des chances qu'il parvienne à la faire redescendre sur terre, même brièvement. Et puis... oh, mais c'est toi, Yvonne ! Yvonne, comment ça va depuis ce temps ? Tu n'as pas pris une ride, c'est impressionnant, je t'assure.

Delphine, assise sur les toilettes depuis le début du monologue de Sandra, réprima à grand-peine l'envie de pouffer que lui procura immédiatement le ton théâtral employé par cette dernière. Elle se présenta brièvement à la fameuse Yvonne tout en se lavant les mains et s'éclipsa discrètement, ne souhaitant pas être plus longuement témoin des effusions occasionnées par les retrouvailles des deux vieilles amies.

L'expression de Sandra avait changé du tout au tout lorsque, une dizaine de minutes plus tard, elle finit par reprendre pesamment place à la table de la brigade. Son regard s'arrêta sur Cédric qui, intrigué, interrompit presque comiquement le mouvement menant sa fourchette à sa bouche.

– Cédric, je viens de parler avec une de mes amies. Elle m'a montré un post Facebook, et enfin, bref... Je crois qu'on a un petit problème.

Payerne, place du Marché, lundi 12 octobre 2015, 11 h 29

La nouvelle de la marche blanche organisée par les parents de Claire Alderman n'avait pas été du goût de la police. L'annonce dans les médias avait certes fait l'effet d'une bombe dans le milieu journalistique, mais l'impact avait été plus important qu'escompté auprès du public. Les messages de soutien avaient inondé Internet et les parents de Claire avaient annoncé la veille via les réseaux sociaux l'organisation d'une procession en la mémoire de leur fille. Trop tôt, beaucoup trop tôt, avait grincé Cédric. En vérité, l'attention des médias que la marche ne manquerait pas de susciter inquiétait les forces de l'ordre. Une enquête trop publique était une enquête sur laquelle une pression titanesque allait inévitablement s'exercer. Les caméras de plusieurs médias étaient par ailleurs déjà en place. Hors période de Tirage, fête payernoise par excellence, une telle affluence sur la place du Marché, surplombée par l'ombre majestueuse de l'Abbatiale, était exceptionnelle.

– Il nous faut plusieurs équipes mobiles en civil. La gendarmerie aura déjà pas mal d'agents sur place, donc ce qui est important, c'est de se mêler discrètement à la foule et d'être vigilants. Pour les équipes, je propose les mêmes que celles déjà formées pour l'enquête. Est-ce que cela convient à tout le monde ?

Par un signe de tête, Delphine avait exprimé son assentiment. Elle avait décidé de tout tenter pour s'intégrer parfaitement dans son unité, et ce malgré les attaques d'Esther. Cette dernière semblait par ailleurs complètement éteinte, et les cernes marqués sous ses yeux trahissaient un état de fatigue avancé. Delphine s'était surprise à ressentir une vague de compassion. Certes, Esther était très difficile à vivre et les nombreuses anecdotes que ses collègues n'avaient pas manqué de lui conter étaient symptomatiques d'un véritable problème de professionnalisme et de relations humaines. Mais, à plusieurs reprises, Delphine avait eu l'impression de commencer à entrevoir la vraie nature d'Esther, bien loin du tableau qu'elle offrait quotidiennement.

La place du Marché, qui avait été envahie par des vagues de personnes quelques heures auparavant, se vidait progressivement. Le début de la marche, prévu pour 10 h, avait été un moment fort en émotion. Delphine traversait souplement la foule, vêtue d'un ample sweat-shirt blanc. Esther, exaspérée, jouait des coudes et tentait tant bien que mal de la suivre. Elle perdit soudainement sa collègue de vue et éprouva une étrange sensation d'abandon. Alors qu'elle tournait sur elle-même pour repérer Delphine, son attention s'arrêta sur un journaliste de la RTS qui, micro à la main, semblait enregistrer une séquence. « Probablement pour le journal de ce soir », pensa Esther.

– Alors que la marche en la mémoire de Claire vient de se terminer, nous souhaitons encore une fois lui rendre un hommage. Claire était bien plus qu'une collaboratrice, elle était une amie pour chacun d'entre nous. Sa curiosité, sa ténacité et son incroyable détermination faisaient d'elle une journaliste d'exception. Grâce à son émission, elle avait montré de l'espoir pour l'avenir d'un milieu journalistique parfois considéré comme étant à l'agonie. Chacun d'entre nous regrettera Claire et…

Incapable de soutenir ce larmoyant spectacle plus longtemps, Esther s'éloigna à grandes enjambées. Elle plus que quiconque avait le processus de deuil en horreur, surtout si celui-ci était médiatisé. Des cheveux blonds ondulés entrèrent soudainement dans son champ de vision. Légèrement à l'écart de la foule en train de se disperser, Delphine était en train de pipeletter avec une femme qui aurait pu passer pour sa sœur. Même type de cheveux – à l'exception de la couleur –, corpulence similaire et taille identique. Vaguement curieuse, Esther s'approcha avec une démarche hésitante. Delphine se retourna et agita son bras en direction de la Payernoise.

– Esther, par ici ! T'étais passée où ? Julie, je vous présente Esther, ma compagne.

Esther, les yeux écarquillés, considéra Delphine la bouche grande ouverte.

– Bonjour Esther, Julie Develier, journaliste à *La Broye*.

Esther ignora sans s'en rendre compte la main que la jeune femme lui tendait. La mention de « compagne » l'avait plongée dans un profond état de perplexité. Pourquoi Delphine n'avait-elle pas inventé autre chose que ça ?

– Esther, chaton, serre la main de Julie !

– Ah, oui, excusez-moi. Enchantée Julie, je suis Esther.

Bien qu'exaspérée par la situation dans laquelle elle se trouvait, Esther évita soigneusement de donner son nom de famille à Julie Develier. Cette dernière serait sans doute plus à même de leur communiquer d'éventuelles informations en pensant parler à de simples personnes venues rendre hommage à Claire.

– Vous connaissiez Claire ?

La Payernoise, un brin déroutée, ne sut que répondre à la question de la journaliste. Delphine, elle, n'eut pas besoin d'y réfléchir à deux fois et répliqua avec assurance :

– Je suis de Genève et j'ai commencé à travailler pour la RTS en tant qu'infographiste peu de temps avant l'arrivée de Claire. On s'est mises à se côtoyer un peu. J'y ai aussi rencontré Esther !

– Oh, c'est tellement romantique. Qu'est-ce que vous faites dans la vie, Esther ?

– Je… je suis monteuse. Je suis monteuse.

– Elle s'occupe principalement de l'étalonnage et du mixage sonore. Enfin, tout ça pour dire qu'on a eu quelques contacts avec Claire. Sa mort nous a vraiment bouleversées. Vous la connaissiez aussi ? Amies d'enfance… ou d'études peut-être ?

– Études, effectivement. On était un petit trio de la région à suivre exactement le même cursus, à Neuchâtel.

– Avec Garance Dupraz ?

Delphine fusilla Esther du regard. Leur couverture déjà franchement fragile allait sauter par sa faute. Julie Develier fronça légèrement les sourcils.

– Vous connaissez aussi Garance ? Comment ça se fait ?

– Je sais que Claire avait prévu de revenir dans la région pour faire un reportage avec une certaine Garance Dupraz qui était une amie d'études. Tout du moins, c'est ce qu'elle m'a dit il y a quelques jours. J'imagine donc que le troisième membre de votre trio et Garance ne font qu'un?

– Oui, exact. Garance et Claire étaient plus proches l'une de l'autre que moi d'elles, mais on se serrait pas mal les coudes. Depuis la fin de nos études, le contact que j'avais avec elles deux était totalement rompu. J'ai peut-être recroisé Garance une ou deux fois, mais aucune nouvelle de Claire. Je m'étais un peu greffée à leur duo au moment de la réalisation des reportages finaux dans l'optique de trouver du soutien moral. D'ailleurs, comme vous travaillez à la RTS, vous avez forcément entendu parler de celui que Claire avait écrit à cette occasion, c'est ce qui l'a fait connaître.

– Les reportages finaux? Le dernier travail que vous avez dû rendre dans le cadre de vos études, c'est ça? Qu'est-ce qu'elle avait fait, déjà?

Delphine pinça les lèvres en regardant Esther du coin de l'œil. Sa question était au moins aussi maladroite que celle qu'elle avait elle-même posée quelques secondes auparavant. Elles faisaient une belle équipe de bras cassés. Esther se racla la gorge et tenta de rattraper sa bévue.

– Non, parce que vous comprenez, Claire a fait tellement de reportages et d'enquêtes à la RTS que je ne suis pas sûre d'exactement me souvenir de celui que vous évoquez en... particulier.

Julie Develier semblait sceptique. Après un visible combat intérieur, la jeune femme finit par se résoudre à clarifier ses propos, non sans que son ton soit teint de l'ombre d'un doute.

– C'est curieux, je pensais que c'était celui qui vous viendrait le premier à l'esprit, sans même que j'aie à ajouter qu'il s'agissait de celui qui l'avait propulsée. Peu importe, je vous parle de celui sur David Vallière, en 2011. À la base, Claire avait prévu de faire son papier final sur les pesticides dans la Broye et le problème de plus en plus important qu'ils posaient au niveau de la qualité de l'eau. Elle a toujours été très écolo, et le sujet lui tenait beaucoup à cœur.

– C'est vrai, elle était végétarienne. Elle pensait même devenir végane, si je ne me trompe pas.

Delphine se tourna vers Esther, stupéfaite. Comment sa collègue pouvait-elle être au courant de ce genre de choses ?

Un curieux sourire monta aux lèvres de Julie Develier.

– Vous la connaissiez bien. Enfin bref. Elle a échangé son sujet avec Garance au dernier moment. Quel stress ça a pu être toute cette histoire !

– Attendez, vous nous parlez d'une enquête sur les pesticides, mais ce n'est pas ce qu'elle a fait finalement ?

– Elle a remplacé Garance au pied levé pour la fameuse interview de David Vallière. Garance perdait un peu pied et était dépassée par les événements, personnels comme professionnels. Claire a été adorable avec elle. Entre nous, Claire y a gagné au change. Le sujet qu'elle a récupéré était peut-être moins important pour elle à titre personnel, mais celui de Garance était explosif. Enfin bon, ça a permis à Garance de relâcher un petit peu la pression par rapport à sa situation familiale. Qui plus est, elle connaissait mieux que Claire ce qui touchait à l'agriculture broyarde.

– Vous parliez de sa situation familiale ?

– Je crois qu'une personne de sa famille était en phase terminale d'une longue maladie à ce moment-là. C'est la seule chose qu'elle m'ait dite, et je ne lui ai pas posé plus de questions par peur d'être indiscrète.

– Comme c'est triste. Delphine, on doit y aller.

Esther avait coupé court à l'échange. Delphine, bien qu'irritée par cette décision irréfléchie, donna le change.

– Oh, c'est vrai que l'heure tourne. Désolées d'avoir joué les curieuses. C'était très sympa de parler avec vous, je pense qu'on a connu la même Claire : talentueuse et fonceuse.

– Très talentueuse, soupira Julie. J'ai été contente de faire votre connaissance.

Les deux policières commencèrent à s'éloigner. Étrangement, Delphine pouvait anticiper les commentaires cinglants d'Esther. Ce qui ne tarda pas à arriver.

– Vous vous prenez pour Patrick Jane, Vaucher ? C'était quoi ces conneries ? Être discrètes, je veux bien, mais de là à se mettre volontairement dans un bourbier pareil, tout ça pour éviter de dire qu'on est flics ! C'est la Broye ici, pas Miami, bon Dieu !

– Patrick Jane travaille à Sacramento, qui se trouve en Californie et non en Floride.

Après un temps d'arrêt, la Lausannoise reprit pensivement :

– Qu'on soit d'accord, vous parlez bien de la série *Mentalist* ? Avec Simon Baker ?

Tout en prenant une lampée d'air anormalement longue, Esther se retint de sauter à la gorge de sa coéquipière. Cette dernière la provoquait désormais ouvertement. La Payernoise refusait de l'accepter, mais il fallait avouer que la stratégie de sa collègue était payante. Désormais mutique, elle rongeait son frein. Delphine se risqua à reprendre la parole après quelques secondes.

– Une question me brûle les lèvres : comment connaissiez-vous son régime alimentaire ?

– Qu'est-ce que ça peut vous foutre ?

Ne regrettant visiblement que vaguement son agressivité, Esther finit tout de même par lui donner une réponse au bout de quelques secondes.

– J'ai regardé plusieurs émissions d'Alderman l'autre jour, avant d'aller à l'EMS. Dans l'une d'elles, elle parlait brièvement avec un diététicien de ses habitudes en termes de nourriture. Le sujet général de ce numéro portait sur la consommation de viande et de produits d'origine animale en Suisse, il me semble.

Delphine hocha prudemment la tête et resta silencieuse quelques secondes.

– Il faut qu'on se renseigne plus en profondeur sur l'affaire Vallière. Je n'en connais que ce qui est sorti dans la presse, et encore, mais ça pourrait être une piste intéressante à explorer.

Esther claqua de la langue.

– On ne peut pas se permettre de s'éparpiller, on part dans des détails inutiles. Dans les affaires de meurtre, c'est souvent la famille, les proches, le ou la conjointe.

– Oui, mais Claire était justement appréciée ou détestée pour son travail ! C'est dans son quotidien à la RTS qu'elle avait l'occasion de cristalliser la rancœur. C'est de ce côté qu'on devrait creuser. Prenez Frédéric Guillod ! Ce gars l'insultait grassement à cause d'un simple embryon d'enquête, imaginez un politicard accusé de pédophilie.

– Non, vous êtes complètement à l'ouest une fois de plus. On ne sait même pas si elle avait un copain ou un fiancé. C'est pas parce que ses parents ne sont pas au courant que ce n'est pas le cas. Un crime passionnel me semblerait être l'hypothèse la plus probable, c'est dans cette direction qu'il faut chercher.

Estavayer-le-Lac, restaurant Frogs and Roses, lundi 12 octobre 2015, 19h55

Accoudée depuis une quinzaine de minutes à une table du Frogs and Roses, Delphine n'arrivait pas à se détendre. L'enquête prenait une tournure qui ne lui plaisait pas du tout. Le patchwork de possibilités qui se présentaient à la police semblait infini. Vers 8h, Cédric avait validé la piste Vallière. Esther et Delphine avaient alors passé la majorité de la journée à parcourir le Net à la recherche d'un maximum d'informations sur le lien qui existait entre Claire et l'homme politique. L'interview, décrochée par Garance mais menée par Claire, avait visiblement revêtu l'aspect d'une véritable joute verbale. Pas prévenu du sujet réel qui serait abordé et confronté à des photos et vidéos accablantes, David Vallière avait reconnu malgré lui l'illégalité de la situation dans laquelle il se trouvait. L'homme avait par la suite vertement coupé court à l'échange, mais le mal était fait. L'enregistrement de l'entretien avait même fuité sur le Net et alors, rien ne pouvait plus faire obstacle à l'inexorable chute qui fut la sienne. Confronté à une opinion publique déchaînée et abandonné par ses pairs, l'homme n'avait eu personne vers qui se tourner. Pour la police, l'étau autour de Vallière commençait à sérieusement se resserrer et tous les éléments semblaient concorder. Des propos haineux proférés sur les réseaux sociaux à l'encontre de Claire Alderman avaient même été attribués au politicien à peine six jours auparavant, le mobile était éblouissant de clarté. Alors qu'un semblant de piste se dessinait pour la police, les espoirs naissants de la brigade avaient immédiatement été matés. David Vallière avait été volontairement assigné à résidence surveillée pour éviter de passer ses nuits en prison, il était donc impossible que ce dernier soit l'auteur du meurtre de Claire Alderman. Delphine mordit nerveusement dans un bout de pain, le troisième depuis qu'elle avait pris place. Esther avait presque jubilé en apprenant que la piste Vallière s'avérait une impasse de plus, ce qui, selon elle, confirmait la thèse du crime passionnel. Le fait d'avoir perdu presque l'intégralité d'une journée pour rien n'avait pas semblé déranger la Payernoise. Son attitude frivole commençait à transformer Delphine en boule de nerfs. Sans s'en rendre compte, la Lausannoise serrait de plus en plus fort son verre d'eau gazeuse. Une main lui caressa soudain le dos.

– Excuse-moi pour le retard, chérie. Un dossier m'a pris plus de temps que prévu.

Delphine se retourna vivement. Diogo lui faisait face, la mine désolée. Les mains de la jeune policière se détendirent automatiquement. Delphine sentit ses joues rosir à mesure qu'un large sourire étirait ses lèvres. La durée de la relation qu'elle entretenait avec Diogo n'entamait en rien la force des sentiments qu'elle lui portait. Elle se souvenait encore avec une précision déconcertante du jour de leur rencontre. La lecture du nom sur le dossier : Diogo Blanc. Un témoin sur une affaire d'agression dans un train. Témoin plutôt actif, s'était dit la policière en voyant les cinq points de suture que le jeune homme avait au niveau de l'arcade sourcilière, preuves de son interposition. Peut-être était-ce son côté héros anonyme ou ses yeux foncés pétillants, quoi qu'il en soit, Diogo avait fait de l'effet à Delphine. Le sourire mal assuré mais engageant qu'il lui avait adressé en lui demandant son numéro de téléphone était gravé dans sa mémoire. Le fait qu'il l'ait fait au sein même du poste de police de Lausanne, devant tous les collègues de la jeune femme, était déjà une originalité à relever. Peur de ne plus pouvoir la recroiser, lui avait-il assuré en guise de justification lors de leur premier rendez-vous, le teint aussi rouge qu'un marathonien amateur. Elle se rappelait avoir mentalement énuméré les informations qu'elle avait récoltées sur lui au cours du repas en rentrant chez elle. Sa manière chirurgicale de lister les éléments à sa disposition l'avait d'ailleurs fait sérieusement considérer la possibilité de souffrir d'une déformation professionnelle. Diogo Blanc, banquier à la BCF, trente et un ans – soit deux de plus qu'elle –, résident d'Estavayer-le-Lac, canton de Fribourg. Amateur de kitesurf, de festivals et du massepain sur les gâteaux d'anniversaire. Il fallait bien se l'avouer, les sports nautiques n'attiraient pas particulièrement l'enquêtrice. De plus, elle préférait le cinéma aux festivals, et le massepain sous toutes ses formes lui inspirait une aversion viscérale. Mais le coup de foudre n'en fut pas moins intense, et voilà qu'à peine deux ans plus tard, Delphine demandait son transfert au poste de la brigade criminelle de Payerne afin de vivre avec Diogo à Estavayer. La vieille ville, le lac aux reflets cérulescents et les remparts avaient séduit la jeune femme qui parvenait parfaitement à s'acclimater au calme tranquille de la cité fribourgeoise.

– Tu as l'air préoccupée. L'enquête avance bien ?

Son amie avala sa salive avant de répondre par la négative en secouant lentement la tête.

– Je sais que tu n'as rien le droit de me dire, mais je pourrais peut-être t'être utile, même si tu ne me donnes pas d'infos précises.

Delphine adressa un regard circonspect à son compagnon tout en gardant le silence. Tentant mais pas professionnel. Elle ne tenait pas à adopter un comportement qu'elle reprochait à Esther. Après quelques secondes, Diogo rompit le silence en appuyant légèrement son index contre le front de Delphine.

– Tu me raconteras tout quand l'enquête sera bouclée, ne t'en fais pas. Maintenant, mets cette petite tête au repos et profite de passer du temps avec le meilleur parti du district de la Broye.

Delphine éclata de rire et adressa un clin d'œil à Diogo.

– C'est plutôt toi qui devrais t'estimer chanceux d'avoir le privilège de côtoyer le meilleur parti de tout l'arc lémanique.

* * *

Delphine était incapable de se concentrer sur le filet d'omble qui trônait sur son assiette, toute son attention semblant dirigée sur une des tables attenantes à celle du couple. Diogo se pencha en direction de la jeune femme.

– Je me demande ce qui fascine autant Mlle Vaucher, murmura-t-il.

D'un geste discret mais catégorique, sa petite amie lui intima l'ordre de se taire. Elle sortit son smartphone de son sac à main et lui envoya un rapide texto.

«Je crois que la table d'à côté parle de mon affaire.»

Diogo contint un soupir.

«Tout le monde parle de ton affaire ici. Ça fait les gros titres dans tout le pays, c'est logique que ce soit le sujet de conversation numéro un!»

Delphine écarquilla les yeux en regardant son compagnon avant de recommencer à taper frénétiquement sur son écran.

«On dirait que la nana connaissait Alderman.»

Diogo afficha une petite moue décontenancée, mais finit par se résoudre à regarder discrètement dans la direction de la table incriminée. Une femme élancée aux cheveux roux et ondulés était en train de couper énergiquement une côtelette de porc. Une jeune femme assise en face d'elle la pressait de questions.

– Mais pourquoi elle n'a jamais été dans la merde?

– Tu penses, ricana son interlocutrice. C'était Claire Alderman, déjà à l'époque, tout le monde l'adorait. Et puis au-delà de ça, il faut quand même dire que c'était surtout la Stauffer qui a mis le feu aux poudres. Quoi qu'il en soit, je suis triste qu'elle ait fini comme ça.

– Mais ça n'a pas un lien avec cette histoire?

– J'en sais rien, mais j'en doute franchement. C'est juste que chaque fois que j'entends parler de Claire, je pense automatiquement à tout ce bordel. Personne ou presque n'était au courant, je te dis. Enfin, ma sœur m'avait raconté ça parce qu'elle se sentait un peu coupable, j'imagine. Mais...

La jeune femme, dont le regard croisa soudainement celui de Delphine, cessa immédiatement de parler. Elle enfourna la fourchette dans sa bouche et mastiqua lentement.

– Peu importe, comment vont les jumeaux ? J'ai entendu dire que Mathias commençait à babiller.

Delphine mit un terme à la tentative de changement de sujet de la jeune femme. Elle se saisit de la carte de police qu'elle avait au fond de son sac et la dégaina devant le visage de sa cible tout en se raclant la gorge.

– Excusez-moi ? Brigade criminelle du canton de Vaud. J'aimerais vous poser quelques questions quand chacune de nos tablées aura fini son repas.

L'interlocutrice de Delphine émit un petit couinement avant de hocher imperceptiblement la tête, blanche comme un linge.

Diogo lança un regard de défi à la jeune femme avant de s'adresser à Delphine :

– Wouah, chuchota-t-il avec un enthousiasme à peine contenu. Fais-moi signe si je peux devenir ton consultant, comme dans *Mentalist* !

L'évocation du nom de la série fit tressaillir son amoureuse, qui avala sa bouchée d'omble de travers.

* * *

L'heure de pointe étant largement passée, le Frogs and Roses était désormais presque intégralement vide. Un des employés passait le balai, et les vestiges des repas copieux de clients déjà partis trônaient encore sur quelques tables. La lumière était plus tamisée, certaines des petites lampes décoratives ayant été éteintes et débarrassées dans un recoin de la salle. Delphine fit glisser son enregistreur vocal sur la table avant de sortir son calepin et un crayon gris, le tout sous le regard inquiet de son interlocutrice.

– Je n'aurai pas besoin de vous convoquer au poste si vous répondez à mes questions de manière complète. Je ne veux laisser passer aucune piste potentielle, vous m'excuserez donc d'avoir porté un certain intérêt à votre conversation de tout à l'heure.

– Je... je ne savais pas que vous enquêtiez sur la mort de Claire. Écoutez, je n'ai pas d'informations particulières.

– Nous verrons cela, coupa Delphine, le ton calme mais ferme. Pourrais-je avoir votre nom ?

La jeune femme lâcha un profond soupir.

– Je m'appelle Eugénie Courbet.

– Votre âge ?

– Vingt-neuf ans.

– Vous connaissiez Claire Alderman ?

– Un petit peu, mais comme elle était plus jeune que moi, je ne la côtoyais pas vraiment.

– Je ne suis pas sûre de comprendre, en quoi son âge...

– Nous faisions partie de la même jeunesse.

– Jeunesse ?

– Société de jeunesse. Comme celles de Grandcour ou de Chevroux. Nous, c'était celle de Missy.

– Ah, je vois. Un groupement de jeunes, donc.

– Si vous voulez, grommela Eugénie Courbet en jetant un regard courroucé à Delphine. Je ne faisais pas partie de la même bande que Claire, donc je n'en étais pas plus proche que ça.

– Pourquoi avez-vous parlé d'une «affaire» tout à l'heure, madame Courbet?

– Mademoiselle, corrigea la jeune femme en grimaçant. Ce sont des broutilles, je peux vous assurer que vous perdriez votre temps. Vraiment.

– Vous préférez que je perde mon temps ici ou que vous en perdiez au poste demain à 8h?

Delphine jouait le tout pour le tout. En réalité, elle n'avait pas assez d'éléments à sa disposition pour convoquer Eugénie Courbet au commissariat, encore moins dès le lendemain. Le dilemme posé par la policière avait cependant fait son bonhomme de chemin dans la tête d'Eugénie. Cette dernière, en train de tapoter nerveusement sur la table, finit par s'exclamer:

– Bon, très bien. Je vais vous raconter. Mais je vous assure que vous perdez votre temps, ajouta-t-elle à mi-voix.

– J'en jugerai moi-même.

– Claire est rentrée à la jeunesse en même temps qu'une certaine Christine Stauffer, et elles sont devenues assez proches. C'étaient clairement les coqueluches de la jeunesse. Jolies et malignes, vous voyez le genre. Ma petite sœur, Annabella, passait du temps avec elles parfois, mais elle en eut rapidement assez.

– Pourquoi?

– J'y viens justement, s'impatienta Eugénie Courbet. Christine et Claire se comportaient de manière parfois très irréfléchie. Rien de bien grave en règle générale, mais une fois, elles ont vraiment dépassé les limites. Christine avait essayé de draguer un gars de la jeunesse de Grandcour. Beaucoup plus âgé qu'elle.

Après un court instant de réflexion, l'habitante de Missy reprit :

– Enfin pas tant que ça si on n'y réfléchit bien, mais à cet âge-là, un type de vingt-quatre ou vingt-cinq ans ne veut pas sortir avec une fille qui en a dix-huit. Enfin bref, je ne sais même pas pourquoi elle s'était mis en tête qu'elle avait ses chances avec ce type, d'autant plus que c'était pas le plus net de la bande. Il lui a mis un râteau et ça a blessé son ego.

– On parle bien de cette Christine et pas de Claire ?

– Oui, oui. Mais du coup, Christine a vraiment pris la mouche et a commencé à vouloir faire une sale réputation au type en question. Elle a dit qu'il faisait des choses étranges.

– Des choses étranges ?

– On savait tous que c'était un type qui avait tendance à fumer des choses pas toujours vraiment légales, mais elle en a joué et a commencé à dire que c'était un pervers qui draguait tout ce qui bougeait… et qui ne prenait pas « non » pour une réponse.

– Et Claire dans tout ça ?

– Claire ? Je ne sais pas. Elle a sans doute participé à la propagation de ces rumeurs malsaines. En attendant, quand j'entends parler de cette histoire, le nom de Claire ne ressort jamais ou presque. Christine est celle à qui on reproche les répercussions de ces conneries. Mais de manière générale, je pense que les deux n'en sont pas ressorties avec leur réputation altérée, beaucoup de personnes ont simplement cru aux rumeurs et n'ont pas cherché à vérifier si elles étaient vraies.

– Comment s'appelle l'homme qu'elles ont calomnié ?

– Écoutez, je vous assure que le savoir ne vous mènera à rien. Presque personne ne sait que Claire est peut-être impliquée. Même Christine n'a pas été inquiétée et tout le monde a enterré ces histoires.

– Pourtant, vous en parliez à votre amie. Comment s'appelle cet homme ?

– Très bien, soupira la Missirienne, le ton acide. Il s'appelait Maxime Hennard. Mais je trouve curieux que la police s'intéresse à des détails aussi anecdotiques. L'impopularité de Claire vis-à-vis de certaines personnes de la région me semble être une piste bien plus logique.

Sur ces mots, la jeune femme se saisit de son manteau et sortit sans demander son reste.

Commissariat de Payerne, mardi 13 octobre 2015, 9 h 25

— J'aimerais pouvoir interroger un certain Maxime Hennard.

Delphine avait lancé sa demande dans le brouhaha du poste de police. Cédric la fixa d'un air absent.

– Fais une demande auprès du procureur, si tu penses que ça peut être utile.

Le policier se tourna ensuite vers un autre de ses subordonnés.

– Où en est-on en ce qui concerne le potentiel copain ?

– Rien de nouveau du côté des parents, ils ne savent rien. On était déjà au courant, mais on a rapidement vérifié. Pour ce qui est des comptes sur les réseaux sociaux ou les systèmes de messagerie, on a tout épluché, aucune correspondance qui suggère un quelconque lien romantique. Je crois que cette piste est une impasse.

Cédric, l'air déconfit, essayait de donner le change.

– On ne devrait pas tarder à recevoir des rapports plus détaillés concernant le corps. D'ici là, je veux que tout le monde se concentre sur ses pistes respectives. Delphine, qui est-ce que tu veux convoquer?

– Maxime Hennard, répondit la Lausannoise en détachant chaque syllabe.

– Tu as dit Maxime Hennard?

Le ton stupéfait employé par Marc attira l'attention d'une bonne partie du poste. Le bruit ambiant s'estompa jusqu'à devenir un murmure.

– Oui, Maxime Hennard. Pourquoi?

Marc soupira et retira ses lunettes en hochant pensivement la tête.

– Je vois qui c'est. Mais tu n'en tireras rien, il s'est suicidé il y a trois ou quatre ans. Une sale histoire.

Delphine sentit son cœur sauter dans sa poitrine. Une partie d'elle était déçue de voir un potentiel coupable tracé de la liste, mais une autre sentait son instinct se réveiller.

– Tu sais si Claire Alderman est liée d'une manière ou d'une autre à sa mort?

– Claire? Non, non. Impossible. Ce type s'est cramé tout seul, fais-moi confiance. Il n'était pas vu comme un gaillard fréquentable et je vois mal une fille du genre de Claire avoir des liens avec un coucou du genre.

– Pourquoi pas fréquentable?

L'entier du commissariat semblait pendu aux lèvres de Marc, qui lança un regard prudent à Cédric. Ce dernier étouffa un soupir et, d'un geste de la tête, enjoignit à Marc de continuer à parler.

– Je suis sûr que les habitués des fêtes de village ont plus ou moins entendu parler de lui. Comme moi, il vient de Grandcour. Enfin bon, il y a sept ou huit ans, des rumeurs ont commencé à circuler sur lui. Déjà que certains Grandcotis avaient de la peine à l'encadrer à cause de ses fêtes un peu trop bruyantes et de ses incartades plutôt fréquentes lors de la fête de jeunesse de Grandcour, on va dire que sa cote de popularité ne crevait pas le plafond, même avant ces histoires. Je sais même pas de quoi on l'accusait exactement, mais il a commencé à traîner une réputation de harceleur.

– Ces rumeurs étaient fondées ?

– Je sais pas, Delphine. Personne ne le savait vraiment, mais tout le monde partait plus ou moins du principe que c'était vrai. En tout cas, il a été renvoyé de son boulot et certaines personnes pensent que c'est à cause de ça. Il a quitté la jeunesse et on ne le voyait plus au village. Même sa famille lui a tourné le dos, soi-disant à cause de problèmes d'addiction… Mais encore une fois, ce sont des rumeurs de village, et j'essaie de m'en tenir le plus loin possible.

– Quand est-ce qu'il s'est suicidé ?

– En 2011, ou plutôt 2012, si mes souvenirs sont bons. Pas sûr. Sur le coup, ça a bien fait jaser ; maintenant, on dirait juste que ce type n'a jamais existé. Mais je ne comprends pas en quoi notre enquête sur Alderman t'a menée jusqu'à ce type.

– D'après une de mes sources, Claire aurait participé à la propagation de ces rumeurs. Je commence à me dire qu'il existe peut-être un lien, ce n'est qu'une idée et je suis d'accord que ce n'est pas très solide, mais ça pourrait être un mobile. Surtout si cet homme a mis fin à ses jours.

Au sein de la pièce, le silence était total et les visages dubitatifs. Delphine essayait de ne pas le laisser transparaître, mais elle commençait à penser que son hypothèse était tirée par les cheveux. Si personne ou presque n'était au courant de l'implication de Claire, qui aurait pu lui en vouloir et donc la tuer? La nouvelle recrue finit par reprendre :

– À qui je peux m'adresser si je veux plus d'infos sur Maxime Hennard ? Qui tenait encore à lui au moment de sa mort ?

– Ses amis de l'époque, je suppose. Je pense qu'au niveau de ses parents, c'est peine perdue, son père ne lui adressait plus la parole et sa mère... Disons que sa mère connaît quelques problèmes de santé. Elle est très dépressive, je crois.

– Donc amis de l'époque. Ça ne coûte rien d'aller leur parler, si on attend de toute manière le rapport du légiste pour se recentrer sur les pistes à explorer.

Au regard du timbre interrogatif employé par Delphine, cette dernière phrase sonnait plus comme une question. Cédric acquiesça sans réelle conviction.

– Très bien, je suppose qu'on ne perd rien à essayer. Allez voir un de ses proches de l'époque, mais abandonnez si ça n'apporte rien de concret. Marc, accompagne Delphine. Revenez à temps pour le briefing.

* * *

Delphine conduisait en jetant des coups d'œil réguliers à son partenaire d'un jour. Marc, lui, était au téléphone avec sa femme.

– Non, chérie, écoute. Je veux juste le nom d'un gars qui côtoyait le fils Hennard. Pas besoin de me refaire toute la chronologie de ces histoires ! Et n'en parle pas à ta mère, par pitié. C'est pour l'enquête, alors motus et bouche cousue.

L'homme étouffa soudain un mugissement, avant de reprendre, les dents serrées.

– Non, chérie. Non ! Je ne me rappelle pas précisément des membres de sa bande d'amis, c'est bien pour ça que je t'appelle. Écoute, tu sais comme moi que je les mélange, tous ces gaillards. Et puis franchement, je ne me souviens pas de la moitié, même de vue.

Delphine écoutait son collègue avec amusement. Même si Marc n'était visiblement pas beaucoup plus âgé qu'elle, celui-ci lui faisait penser à son père. Son collègue raccrocha soudainement.

– Les joies du mariage, geignit-il en se repeignant dans le rétroviseur. Elle m'envoie les noms de ceux dont elle se souvient par message.

Le regard de Marc croisa celui de Delphine, et le quadragénaire décela une certaine préoccupation dans celui de sa collègue.

– T'en fais pas, elle est bavarde mais elle sait aussi rester discrète quand il le faut. Ma Stéph est pas une bobette.

– Je n'en doute pas, Marc, sourit Delphine.

Une tonalité aiguë s'éleva dans l'habitacle de la voiture. Marc se saisit aussitôt de son smartphone qu'il déverrouilla d'un geste expert.

– Alors, alors. Voyons tout ça. Elle me parle de... bon sang, à peu près tous les types qui ont grandi à Grandcour en même temps qu'Hennard. Elle a mis en gras ceux dont il était le plus proche. Franck, Johan, Samuel, Enzo.

Delphine tourna vivement la tête vers Marc, qui fit de même en direction de sa partenaire.

– Enzo…, commença Delphine.

– Fischer, compléta Marc, l'air grave.

Maison d'Enzo Fischer, Grandcour, mardi 13 octobre 2015, 10 h 20

– Bon, très bien. Partons du principe que la mort de Maxime Hennard et celle de Claire Alderman sont liées. Imaginons qu'Enzo Fischer en sache plus que ce qu'il veut bien nous faire croire, voire même qu'il soit, directement ou indirectement, impliqué dans son décès. Pourquoi est-ce qu'il aurait lui-même donné l'alerte de la découverte du corps ?

Marc semblait en proie à des questionnements de plus en plus profonds. Delphine, qui avait les yeux fixés sur la maison d'Enzo Fischer, ne prit pas la peine d'orienter son regard en direction de son collègue pour répondre à sa question.

– Des remords, peut-être ? Une envie de se dénoncer qui s'envole à l'arrivée de la police ? Les possibilités sont nombreuses.

Depuis une dizaine de minutes, les deux agents se tenaient à une distance respectable du lieu de résidence de leur nouveau suspect. Le débat quant à la stratégie à adopter était des plus nourris. Marc voulait opter pour une approche frontale, tandis que Delphine imaginait quelque chose de plus subtil.

– Je vois où tu veux en venir, Delphine, crois-moi. Mais je suis persuadé qu'on tournerait inutilement autour du pot en lui faisant croire qu'on veut simplement lui parler du moment où il a trouvé Claire.

Delphine s'apprêtait à répliquer quand une voix interrompit la discussion des deux policiers.

– Je ne parle pas aux journalistes, je l'ai déjà dit à vos confrères. Maintenant, s'il vous plaît, fichez-moi le camp.

Delphine tourna sur elle-même et se retrouva nez à nez avec Enzo Fischer. En civil, Marc et elle n'étaient pas directement identifiables comme appartenant aux forces de l'ordre. Les yeux du jeune homme croisèrent soudainement ceux de Delphine.

– Oh, je vous reconnais, vous êtes une des flics de l'autre jour. Excusez-moi, je vous ai prise pour un autre de ces vautours.

– Bonjour, monsieur Fischer. Je ne pense pas que nous ayons déjà été présentés. Je suis Delphine Vaucher. Je crois savoir que vous connaissez déjà un peu mon collègue, Marc Badoux.

– De vue, précisa Enzo avec un demi-sourire. En quoi puis-je vous aider? Certains de vos collègues sont déjà passés avant-hier, et je leur ai dit que je n'avais pas d'informations complémentaires, ajouta le solide employé communal, qui fournissait visiblement un effort pour ne pas rendre le ton de sa voix trop inamical.

Delphine et Marc se dévisagèrent un court instant. Marc mit soudainement une main sur l'épaule d'Enzo, qui eut un mouvement de recul.

– Enzo, il faudrait qu'on entre un moment. On doit juste clarifier quelque chose.

Delphine grimaça intérieurement. Parfait, l'approche frontale...

* * *

– Je dois repartir dans moins de vingt minutes, alors faites vite, s'il vous plaît.

Après avoir ouvert la porte de sa maison, Enzo s'effaça pour laisser passer les deux policiers. Après que ceux-ci furent entrés, le jeune homme s'avança en direction du séjour inondé par le soleil matinal. La pièce était mal rangée. Un mélange hétérogène de vêtements de travail, d'emballages de biscuits et de manettes de Playstation jonchait un canapé d'angle décoloré par l'exposition directe à la lumière naturelle. D'un geste du pied qui se voulait discret, l'employé communal poussa un t-shirt roulé en boule sous sa table basse.

– Asseyez-vous si vous voulez. Je n'ai plus de café, mais si vous avez soif j'ai de l'eau ou... de l'eau, conclut-il après avoir consulté le contenu de son frigo.

– Ça ira, merci.

En voyant Enzo Fischer consulter sa montre avec agacement, Marc se décida à couper court aux tergiversations.

– Selon toi, est-ce que Claire aurait pu être tuée à cause de vieilles histoires de jeunesse? Tu as entendu parler de quelque chose qui irait dans ce sens?

Delphine étudiait avec une attention extrême la moindre des expressions qui traversaient le visage de l'employé communal de Grandcour. De manière fugace, la Lausannoise détecta un tressaillement ainsi qu'une légère crispation des traits du jeune homme. Ce dernier déglutit.

– Non, répondit-il avec aplomb. Je ne pense pas. Claire avait très bonne réputation, même s'il me semble qu'elle n'a pas été membre de la jeunesse de Missy pendant très longtemps. Pourquoi est-ce que vous me posez la question à moi en particulier ? Je ne la côtoyais pas du tout, je ne pense même pas lui avoir parlé directement une seule fois.

Ces propos, s'ils avaient été déclamés sur un ton calme et posé, auraient sans doute joué en la faveur d'Enzo. Mais le Grandcoti était sur la défensive, et ses yeux naviguaient rapidement de Delphine à Marc sans trouver de point d'attache. La situation ne fit qu'empirer lorsque Marc reprit la parole après avoir attendu quelques secondes.

– Selon nos informations, Claire aurait nui à Maxime Hennard. Il me semble que lui et toi étiez très proches, tu n'as jamais entendu parler d'un quelconque lien entre eux ?

Les paupières d'Enzo étaient semblables aux ailes d'un colibri en vol stationnaire, et son front se perlait de gouttelettes de sueur.

– Je... je ne l'ai pas tuée. Je vous le jure. Je n'y suis pour rien. S'il vous plaît, croyez-moi.

Delphine, interdite, considérait la scène avec stupéfaction. Aucune accusation directe n'avait été formulée à l'égard d'Enzo, et pourtant celui-ci semblait absolument terrifié à l'idée de devenir un coupable aux yeux de la police.

– Nous n'avons pas dit que nous te soupçonnions, Enzo, fit Marc. Nous sommes juste ici pour quelques précisions, rien de plus.

– Non, non, je sais comment ça va ! Si les gens commencent à penser que j'y suis pour quelque chose, je suis foutu !

– Vous avez peur qu'il vous arrive la même chose qu'à Maxime, en somme ?

Enzo se tourna vers Delphine, mais resta silencieux. Le jeune homme semblait être en pleine réflexion. Au bout d'une quinzaine de secondes, alors que Marc s'apprêtait à reprendre la parole, Enzo se décida à répondre à Delphine.

– Peut-être bien. Maxime était un bon gars, vraiment. Il avait ses problèmes, ça c'est sûr, mais il n'aurait jamais fait quoi que ce soit de blessant à autrui. Quand ces rumeurs ont commencé à circuler, il s'est éloigné de notre groupe et de sa famille. Comme s'il savait que mener un combat contre les on-dit était inutile.

– Qu'est-ce qui lui est arrivé ensuite ?

– Il s'est fait virer, on ne sait pas trop pourquoi... et il a commencé à sombrer. J'allais souvent chez lui, mais il ne m'ouvrait que très rarement la porte. La plupart du temps, il me criait de dégager ou ne me répondait même pas. Et quand, par miracle, je n'avais pas à repartir directement, il se contentait de ruminer dans son coin en m'adressant à peine quelques marmonnements qui empêchaient toute forme de discussion.

– Comment est-ce qu'il se comportait avec sa famille ?

« Famille ». Le mot sembla faire l'effet d'un déclic dans l'esprit d'Enzo, qui se ferma comme une huître.

– Je ne sais pas, désolé. La famille Hennard a été détruite par ces rumeurs et par la mort de Maxime, mais ça tout le monde le sait. Maintenant, si vous n'avez pas d'autres questions, je vais vraiment être en retard.

Le regard pesant que Marc Badoux adressa au jeune homme lui fit instinctivement baisser les yeux. Le policier finit par se lever et ramasser la veste qu'il avait négligemment posée sur le dossier du canapé. Il adressa une tape paternelle sur l'épaule de son interlocuteur et se dirigea vers le hall d'entrée. Delphine emboîta le pas à son collègue et tous deux sortirent de la maison. La porte leur fut presque claquée sur les jambes. À l'intérieur, Enzo lâcha la poignée et recula dans l'ombre de sa cuisine, mais ne quitta pas pour autant des yeux les deux intrus. Leur silhouette lui apparaissait distinctement au travers du verre légèrement opaque de la vitre qui ornait le battant de la porte. Sa mâchoire se crispa. Il sortit fébrilement un téléphone portable de la poche arrière de son pantalon de travail. Il avait un coup de fil à passer.

* * *

– Il sait quelque chose, tu penses ?

– Impossible d'en être sûr, répondit Marc qui conduisait d'un air crispé. Je ne crois en tout cas pas qu'il soit coupable… Même en imaginant qu'il prévienne pour le corps parce que les remords le rongent, pourquoi ne pas se dénoncer dans le même temps ?

Le policier semblait essayer de se convaincre lui-même, et son front plissé trahissait la présence du doute dans son esprit.

– C'est vrai, fit la trentenaire, mais il aurait pu finalement se raviser et faire croire qu'il avait découvert le corps par hasard.

– C'est vachement tordu, argua Marc. Pourquoi aller jusqu'à chuter sur le corps si on sait exactement où il se trouve ?

Delphine s'apprêtait à donner raison à son collègue quand la sonnerie du téléphone de Marc retentit.

– Oh ! Delphine, regarde ce qui vient d'arriver s'il te plaît, mon téléphone est vers le levier de vitesse. Le code, c'est 8008. J'imagine que c'est un message de Sandra, c'est pas trop tôt, grinça le policier. Je lui ai demandé de me ressortir les données qu'on a sur Enzo. Si je me souviens bien, la scientifique…

– L'équipe de la scientifique avait bel et bien vérifié ses données de localisation via son natel, coupa Delphine. Il était à Trey au moment présumé de la mort de Claire et son téléphone n'a borné dans les environs de Grandcour que le lendemain. Ah, et Sandra a précisé que l'un des amis d'Enzo a posté une photo sur Instagram le soir de la mort de Claire, ils étaient toute une équipe à regarder un match de foot.

– Je suis soulagé, souffla Marc. Enzo est un chouette gars. On le tient à l'œil pour être sûr qu'il ne nous cache pas quelque chose, mais au moins on sait qu'il ne l'a pas tuée.

Commissariat de Payerne, mardi 13 octobre 2015, 17 h 20

– Votre attention, s'il vous plaît !

Cédric, auquel le manque de sommeil avait désormais conféré une démarche de vieil automate, tentait vainement de rassembler son équipe. Ses cheveux poivre et sel ne donnaient pas l'impression d'avoir connu le contact de l'eau depuis longtemps et l'état de sa barbe naissante rappelait le désordre général dans lequel se trouvait le commissariat.

– Est-ce que tout le monde peut la boucler dix secondes ? Merci. Je ne vais pas faire long, je sais que nous avons beaucoup de pistes à explorer et que tout le monde a l'impression de s'embourber, mais nous nous rapprochons sans doute du but.

Le ton peu assuré et le regard fuyant du chef d'équipe traduisaient une autre réalité. Esther sentit une vague d'inquiétude la submerger. Cette enquête était plus complexe que prévu. Bien plus complexe.

– Nous avons enfin reçu le résultat des investigations préliminaires de la scientifique. Je... je ne vous cache pas que les informations ne sont pas particulièrement abondantes. La victime a été tuée par un choc violent à la nuque. L'impact a aussi occasionné une plaie ouverte, d'où le sang par terre sur la scène de crime.

– Est-ce qu'elle est morte sur le coup ?

Cédric cligna plusieurs fois des yeux en regardant Delphine. Après un petit blanc, la question de sa subordonnée sembla enfin se frayer un chemin jusqu'à ses méninges.

– Oui. Je... euh, oui. La quantité de sang perdue était assez importante mais pas suffisante pour la tuer. Le choc l'a énuquée, l'autopsie le confirme.

Marc griffonnait sur son calepin. Comme un écolier, il leva la main et attendit que Cédric lui adresse un signe du menton pour prendre la parole.

– Est-ce qu'on a la moindre information supplémentaire en ce qui concerne le tueur ? Cheveux, résidu de peau sous les ongles, sang peut-être ? Il y avait quand même ce qui s'apparentait à des signes de lutte dans la maison.

– C'est vrai, enchaîna François. Et l'ordinateur, ajouta-t-il après un petit temps d'arrêt. L'ordinateur qui était fracassé par terre, on n'en a rien retiré ? Si le meurtrier l'a balancé par terre, des empreintes digitales sont forcément restées dessus.

– Rien du tout, lança Cédric d'une voix sans émotion. Ni empreintes digitales ni ADN. J'ai passé la nuit à visionner les images des quelques caméras de surveillance aux entrées de Payerne, Estavayer ou de l'A1 avec Esther, mais on n'a rien trouvé de probant, aucune voiture à laquelle il manquerait un phare. Il se pourrait que notre témoin se soit totalement trompé, voire ait imaginé cet événement.

L'air semblait aussi lourd que du plomb. À l'intérieur du poste, chacun ressentait l'ombre menaçante de l'échec se profiler. Delphine fixa Esther, qui semblait aussi exténuée que Cédric.

– On ne peut pas se permettre de laisser ce cas non résolu, maugréa soudain Sandra entre ses dents. On est juste une équipe de bons à rien ou quoi ? On a déjà la presse sur le dos, et on aura l'air con si on...

– Ferme-la, par pitié.

Toutes les têtes se tournèrent lentement vers Esther qui, enfoncée sur une chaise de bureau, ne leva même pas la tête pour croiser le regard de celle qu'elle venait d'invectiver.

Sandra esquissa un petit sourire.

– Répète ça pour voir. Répète ça, Esther.

Cédric leva les mains en signe d'apaisement, mais sa tentative de médiation n'eut aucun effet sur les deux femmes. Esther répliqua quelques secondes plus tard.

– Oh, mais volontiers. Je t'ai dit de la fermer. Tu te permets de faire ce genre de remarques alors que tu ne t'investis même pas dans l'affaire.

Sandra s'étouffa et se leva soudainement de sa chaise en mugissant.

– Dit-elle ! Dit-elle ! Esther Notari, le cancer de cette unité ! Tu prends plaisir à nous mettre des bâtons dans les roues, tu ne veux même pas que cette enquête soit résolue, avoue-le ! Tu n'es qu'une femme pathétique et tu le sais.

Esther ricana sèchement avant de lever la tête en direction de sa collègue.

– Et toi, ma chère Sandra, qu'est-ce que tu sais faire à part te vanter de faire partie de la police et divulguer des informations qui ne devraient pas l'être à tout va? Sans oublier qu'il suffit de t'observer pour se rendre compte que ton job consiste à traîner sur Facebook à longueur de journée, faire circuler les ragots dans le poste et te plaindre de tout ce qui te passe sous le nez.

– Venant de celle dont l'activité principale depuis quatre ans est de chialer pour un putain de macchabée qu'elle n'a pas pu sauver, tu admettras que c'est ironique.

La phrase de Sandra claqua comme une balle de revolver. Le temps sembla se suspendre dans le poste, et Delphine aurait juré que même les grains de poussière flottant dans l'air retenaient leur souffle.

– Sandra, excuse-toi immédiatement, souffla finalement Cédric qui, le visage marqué par l'inquiétude, ne quittait pas des yeux Esther.

Cette dernière amorça un pas maladroit en arrière. L'une de ses paupières effectuait des mouvements désordonnés, et les larmes lui montaient aux yeux. La Payernoise finit par se saisir d'une imposante pile de dossiers posée vers la porte d'entrée, visiblement prête à les lancer sur Sandra. Les bras tremblants, la jeune femme finit pourtant par les laisser tomber et fondit en sanglots violents et hachés. Delphine ressentit une vague de compassion la submerger. Esther semblait soudainement aussi fragile que la dernière feuille sur le point de se détacher d'un arbre en automne. Le corps parcouru de tremblements, elle ne parvenait pas à cesser de pleurer et hoquetait brutalement. Delphine se leva d'un bond et saisit sa collègue par le bras. Esther n'opposa même pas de résistance et se laissa entraîner dans une salle de réunion avoisinante. Delphine la verrouilla et fit asseoir sa partenaire sur une des chaises s'y trouvant. La Lausannoise s'empressa ensuite de remplir un gobelet d'eau à la fontaine qui trônait au fond de la pièce. Le regard hagard, Esther ne songeait même pas à vociférer contre son nouveau binôme et accepta la boisson sans protestation. Les larmes roulant toujours sur ses joues, la grande brune se tourna soudainement vers Delphine en tentant de reprendre le contrôle de son souffle. L'expression d'Esther criait silencieusement la souffrance, mais surtout un désir de se justifier. Anticipant ce que sa collègue allait lui dire, Delphine s'empressa de prendre la parole.

– Vous n'avez pas besoin de vous expliquer, Esther. Je ne sais pas à quoi Sandra faisait référence, mais elle n'avait pas à le faire. Je...

– J'ai besoin d'en parler. J'ai vraiment besoin d'en parler.

Esther avait prononcé ces quelques mots avec difficulté. Le souffle court et entrecoupé ne constituait qu'une petite partie du problème. En réalité, le fait d'admettre vouloir se confier la faisait à la fois souffrir et reprendre espoir. Delphine tira une chaise et s'assit aux côtés d'Esther.

– Je ne demande qu'à vous écouter, Esther. Mais je vous répète que vous n'avez rien à me prouver. Vous êtes une très bonne flic.

Le visage d'Esther se tordit, comme traversé d'un spasme de douleur. Delphine appuya brièvement la paume de sa main sur l'avant-bras de sa collègue.

– Racontez-moi.

Corcelles, route de Bitternaz, samedi 7 mai 2011, 15 h 25

Un rayon de soleil perça le ciel maussade qui surplombait Corcelles pour venir éblouir Esther Notari, vingt-huit ans. Son visage se crispa à cause de l'inconfort que procurait la vive lumière projetée dans sa rétine. Elle poussa un grognement désapprobateur et abattit avec force le pare-soleil du siège passager de la voiture de patrouille. Bruno Morand, son partenaire et ami de longue date, la regarda du coin de l'œil et ne put s'empêcher de glousser. Esther pouvait paraître un peu rustre au premier abord, mais il savait mieux que quiconque qu'il n'en était rien. Elle parvenait toujours à effectuer son travail avec finesse et précision. Caractérisée par un professionnalisme sans borne, elle ne se laissait jamais déborder par les émotions mais savait tout de même se montrer très compatissante et humaine quand le besoin s'en faisait sentir.

– Tu viens boire un verre avec nous à la fête ce soir?

Bruno, qui conduisait sans dire un mot, observa brièvement sa partenaire avant de hausser les épaules.

– Je sais pas s'ils seraient très contents que je vienne, tu sais. C'est surtout toi qui mets l'ambiance.

– Dis pas de conneries, Bruno. À t'entendre, on croirait que personne ne t'aime au bureau. Tu es juste discret, c'est tout. Essaie de te rapprocher un peu de Cédric pour commencer. Bon... maintenant que j'y pense, celui-là va pas vraiment pouvoir te faire rencontrer du monde, il part à la brigade criminelle dans deux mois.

– Cédric... Tu sais qu'il t'aime bien celui-là. Il était pas ravi quand il a compris qu'on se connaissait.

– Mais pas du tout, argua Esther, c'est juste que comme tu venais du commissariat de Bulle, il était étonné de la situation. Sois pas de mauvaise foi, il a toujours essayé de t'intégrer au maximum. Et puis laisse-toi du temps, ça fait seulement deux mois que t'es là, normal de pas être comme cul et chemise avec tout le bureau.

– Je sais, je sais. D'ailleurs, j'ai conscience que je me repose pas mal sur toi pour l'aspect social, alors merci. Tu peux aussi compter sur moi au besoin, ne l'oublie pas.

– Pas de problème, je sais tout ça, sourit Esther.

Bruno mit le clignotant à droite et gara la voiture de patrouille devant l'auberge communale. Il en sortit avec un air buté. La perspective d'être à Corcelles en ce premier week-end de mai pour autre chose qu'une bonne bière lui faisait froncer les sourcils. La fête de l'abbaye battait son plein, et l'ambiance bon enfant de la célébration corçalline conférait une atmosphère plus conviviale que jamais au petit village agricole. Esther, elle, était contente d'être sur le terrain. Porter l'uniforme la galvanisait et, même si leur tâche du jour ne consistait qu'à patrouiller et montrer leur présence aux fêtards, elle se sentait importante. Les regards de respect qu'on lui témoignait automatiquement la bourraient d'une confiance inébranlable qui faisait flotter un léger sourire sur ses lèvres. Bruno observait le visage de sa partenaire avec un air goguenard.

– Alors, Notari, tu sens le pouvoir circuler dans tes veines ?

Cette dernière poussa un petit cri de protestation.

– C'est ça, moque-toi ! En attendant, poursuivit-elle à voix basse, j'ai dix fois plus de charisme que toi dans cet uniforme. Il me va bien au teint.

Bruno se retint de rire et évita le regard d'Esther. Son expression changea du tout au tout quand il aperçut un jeune garçon une bière à la main. Pas besoin d'être un expert pour voir que celui-ci n'avait pas l'âge requis pour la consommation de ce type de boisson. À la vue des deux gendarmes qui marchaient dans sa direction, le gamin se figea, l'air blême. Esther lâcha un petit soupir et prit les devants avec gentillesse.

– Salut, tu peux vider ta bière s'il te plaît ?

– La... vider... mais...

– Écoute, je crois que c'est inutile de négocier. Tu n'as pas seize ans et tu te promènes avec une boisson alcoolisée dans les mains alors qu'il est même pas 17 h. C'est pas très malin, tu crois pas ? Tu préfères que j'appelle tes parents ?

Le petit devenait de plus en plus rouge et écarquillait les yeux comme un poisson hors de l'eau.

– Non, mais mon papa m'a laissé...

– Je m'en fiche, coupa sévèrement Esther. Ton père n'a pas le droit de te laisser boire de l'alcool, tu n'es pas au-dessus de la loi et lui non plus, d'accord ?

– Non mais, madame, vous comprenez pas...

Esther étouffa un mugissement. Elle avait horreur qu'on la prenne pour une idiote. Elle s'apprêtait à répliquer avec virulence quand un homme apparut.

– Bonjour madame, bonjour monsieur. Euh… il y a un problème ? Théo, tout va bien ? Pourquoi tu tires cette tête, tu vas pas pleurer ou quoi ?

Le dénommé Théo, la bouche flageolante, fondit en larmes. Tout en hoquetant de manière incontrôlable, il tendit le gobelet incriminé à celui qui était selon toute vraisemblance son père. Ce dernier, sidéré, leva un regard interrogateur en direction de Bruno et Esther. Après quelques secondes de réflexion, il finit par comprendre la nature du problème.

– Oh merde, vous avez pas cru que c'était la bière du gamin ? Il me l'a juste gardée pendant que j'allais pisser.

Une fois le malentendu réglé par Bruno, les deux gendarmes continuèrent leur ronde dans un silence de mort qui tranchait avec la musique flottant dans l'air. Esther se sentait ridicule et priait pour que personne n'ait été témoin de cette honteuse déconvenue. Bruno, quant à lui, riait déjà de l'incident.

– Pauvre gosse, tu lui as laissé aucune chance !

– Ça va, ça va ! Les apparences étaient trompeuses, tu sais comme moi que dans ces fêtes de jeunesse, les gamins s'y mettent de plus en plus tôt, et puis…

Alors qu'Esther s'empêtrait dans ses explications, la radio cryptée placée sur le torse de Bruno se mit soudainement à grésiller.

– Équipe 2, braquage en cours, Raiffeisen d'Avenches. Rendez-vous immédiatement sur place.

– Bordel, la gendarmerie d'Avenches peut pas s'en charger ? pesta Esther.

– Ça doit être du sérieux s'ils ont besoin de renforts. On y sera en combien de temps selon toi ?

– Je dirais huit minutes, sept si on se dépêche, répondit sa coéquipière.

– Très bien, on y sera en six minutes alors, sourit-il en haussant ostensiblement un sourcil. Il se mit à courir en direction de la voiture de patrouille stationnée à une centaine de mètres. On fait la course, Notari ?

Esther leva les yeux au ciel et soupira, mais son large sourire trahissait le fond de sa pensée. Elle aperçut son partenaire monter théâtralement dans la voiture et démarrer en trombe. Parvenu à sa hauteur, il s'arrêta pour la laisser monter. Bruno enclencha ensuite le gyrophare et la sirène. Il accéléra brusquement et la nuque d'Esther, alors en train d'attacher sa ceinture, heurta l'appuie-tête avec un bruit sourd.

– Purée, fais gaffe, j'essaie d'entrer la Raif dans le GPS... pour être sûre que tu vises juste, le Bullois.

– Pas besoin de GPS, je sais où c'est. J'y ai fait un stage quand j'avais dix-sept ans.

– Ah bon ? Ça t'avait pas plu, alors ?

– Pourquoi tu dis ça ? J'ai peut-être adoré, t'en sais rien !

– T'es flic, Bruno ! railla Esther. Le travail de bureau, tu détestes ça, n'essaie même pas de prétendre le contraire. Même remplir un pauvre rapport est une torture pour toi, alors je pense bien que...

La radio coupa la jeune femme.

– Au moins deux hommes armés selon les témoins oculaires, otages probables.

– Compris, on y est dans cinq minutes, répondit-elle laconiquement.

En réalité, l'adrénaline commençait à déferler. Bruno, lui aussi, arborait désormais un visage fermé. Ses mains enserraient le volant avec fermeté et il conduisait sans dire un mot. Esther se concentrait sur la route et pestait quand les voitures mettaient trop de temps à s'écarter. L'affluence provoquée par la fête villageoise ne facilitait pas la tâche aux deux gendarmes. La voiture finit par quitter Corcelles-près-Payerne et s'engagea en direction de Dompierre à pleine vitesse. Esther avait l'impression que tout lui sautait aux yeux, l'intensité de chaque détail semblait décuplée.

– Bon, c'est du sérieux, finit-elle par lâcher, les dents serrées. On sera les premiers sur place, à ton avis ?

– Possible, on verra bien, fit Bruno. Pas stressée, Notari ?

– Bien sûr que non, mais est-ce qu'on peut en dire autant de toi, Morand ?

Bruno quitta la route des yeux une fraction de seconde pour adresser un sourire à sa partenaire.

– Pas si je suis avec toi, Esther.

– Arrête de faire ton charmeur, rétorqua-t-elle maladroitement.

– Tu veux aller boire un verre ce soir ? Juste avec moi ?

Le cœur d'Esther rata un battement et elle ressentit une bouffée de joie. L'adrénaline qui déferlait jusqu'alors dans son système sembla se muer en douce euphorie. Elle tenta de conserver une expression neutre.

– Je rêve ou tu me proposes un rendez-vous ?

– Esther… tu crois quand même pas que tu m'intéresses ?

– Non… je… enfin, c'est pas ce que j'insinuais, tu… je veux dire…

Bruno éclata de rire.

– Ce que t'es mignonne quand tu perds tes moyens, Notari. Bien sûr que tu m'intéresses. Et j'espère que c'est réciproque.

Esther marqua un temps d'arrêt, sous le choc. Bruno avait toujours fait preuve de beaucoup de réserve question sentiments, et voilà qu'il se mettait à jouer les Casanova !

– Bon Dieu, tu crois vraiment que c'est une bonne idée de parler de ça en pleine intervention, finit par s'insurger son interlocutrice. Et puis d'abord, qu'est-ce qui te fait croire que je m'intéresse à toi ? Non mais j'en reviens pas !

Esther laissa échapper un petit rire incrédule. Intérieurement, elle oscillait entre la joie et la honte. La joie parce que les sentiments de Bruno étaient réciproques, et plutôt deux fois qu'une. La honte... eh bien la honte parce qu'elle s'était laissée emporter par ses sentiments et avait agressé Bruno plutôt que de prendre la joute verbale avec amusement, comme à son habitude. Il fallait croire que le sujet la sortait un peu trop de sa zone de confort. Bruno, étonnamment, ne sembla pas dérangé par le ton hostile d'Esther. Il la connaissait bien et se doutait à peu près du fond de sa pensée. Il se décida à calmer le jeu.

– T'as raison, je m'excuse, concentrons-nous sur Avenches pour le moment.

Comme pour appuyer ses propos, la radio grésilla de nouveau.

– Équipe 2, je vous confirme que vous serez les premiers sur place. Les équipes mobiles d'Avenches sont déjà déployées sur une autre intervention. On nous parle toujours de deux assaillants armés. Ils portent des cagoules et des joggings noirs et sont en fuite à pied avec le butin sur la rue Centrale.

– Pour le moment, nous sommes juste après Dompierre, on s'approche de Domdidier. Des blessés ?

– Une employée est à terre, la personne que nous avons en ligne depuis tout à l'heure n'arrive en revanche pas à nous spécifier la nature exacte de la blessure. Elle dit juste que ça saigne de manière incontrôlable. Une ambulance est déjà en route, mais vous devrez sans doute prodiguer les premiers soins.

– Pronostic vital engagé ?

– On ne sait pas, mais on part du principe que oui. Je vous recontacte si on en sait plus, mais faites au plus vite.

– Compris, répondit Esther.

– Si c'est une hémorragie, c'est sans doute une blessure par balle, non ? Mais c'est étrange que la personne au téléphone avec le standard ne soit pas en mesure de dire si c'est le cas, s'étonna Bruno.

– Si on est en état de choc, on perd toute notion de réalité. On ne sait parfois même plus former des mots. On le remarque souvent quand on intervient, les gens sont désorientés et complètement...

– On y est dans moins d'une minute, coupa Bruno. Prête, Notari ?

– Bien sûr.

La voiture passa devant la Coop d'Avenches, sirènes hurlantes. Bruno prit un virage serré dans le rond-point et s'engagea dans la vieille ville avenchoise. Esther scrutait les alentours, à la recherche des fuyards. Elle aperçut soudainement deux hommes en train de courir en direction d'une ruelle parallèle à la route sur laquelle ils se trouvaient.

– Là, là, ils sont là, Bruno ! Arrête-toi, je les suis à pied !

– Non, je te pose devant la Raif' et tu vas t'occuper de la blessée, je ferai demi-tour à ce moment-là et je les suis en bagnole.

– Mais on va les perdre, laisse-moi descendre ! hurla son équipière en réponse.

Bruno, sourd à ses protestations, était déjà en train de rouler en direction de la banque. Il freina abruptement en arrivant devant le numéro 43 de la rue Centrale. Les pneus crissèrent et Esther jaillit de l'habitacle en pestant contre son partenaire. Elle eut à peine le temps de claquer la portière que Bruno était déjà reparti. La jeune femme se mit à courir vers la banque, tout en apercevant du coin de l'œil la voiture de patrouille s'enfiler dans une ruelle adjacente. Arrivée dans le bâtiment, elle courut au chevet d'une femme d'une cinquantaine d'années couverte de sang. Quelques témoins étaient déjà à ses côtés tandis que deux employées pleuraient dans les bras l'une de l'autre un peu plus loin. Esther constata rapidement que la blessée ne souffrait pas de blessure par balle ou à l'arme blanche, mais s'était profondément entaillé le front. Peut-être avait-elle été poussée à terre par un des assaillants lors de l'attaque. La plaie, bien qu'impressionnante, ne menaçait pas la vie de l'employée. Tout en s'occupant de la victime, Esther s'informait régulièrement de l'état de la course-poursuite menée par Bruno en communiquant avec le central. On en profita pour lui indiquer que l'ambulance dépêchée sur place ne tarderait pas à arriver. Au même moment, une forte détonation retentit au loin. Les membres d'Esther s'ankylosèrent instantanément et le sang commença à lui battre aux tempes. Elle avait entendu un coup de feu, elle en était persuadée. Les tirs en intervention étaient rares et dénotaient une situation d'une très grande gravité. Bruno avait-il dû faire usage de son arme ? Ou pis, avait-il été touché ? Dans un état second, Esther hurla à un homme de continuer à maintenir la pression sur la plaie de la cinquantenaire. Sans un regard en arrière, elle se mit à courir en direction de la ruelle ou elle avait vu la voiture de patrouille pour la dernière fois. Son cerveau en ébullition tentait désespérément de mettre de l'ordre dans les informations qu'elle avait en sa possession. L'opératrice lui avait dit que Bruno avait indiqué être toujours à la poursuite des fuyards. À pied ou en voiture ? La réponse, Esther l'eut sous les yeux moins d'une quinzaine de secondes après s'être engagée dans la ruelle. La voiture de patrouille, le moteur encore enclenché et la portière côté conducteur grande ouverte, était stoppée au milieu de la route. La présence d'un passage pavé très étroit fit immédiatement comprendre à la jeune gendarme que son équipier avait dû abandonner son véhicule pour continuer la traque. Ses jambes semblaient de plus en plus lourdes à mesure qu'elle s'enfonçait dans la minuscule allée. Pas le moindre signe de son coéquipier, et ce dernier ne répondait pas à ses appels radio.

– Bruno ! Bruno ! Putain, Bruno !

La radio d'Esther grésilla soudainement. Elle reconnut immédiatement le ton sarcastique de Bruno.

– Calme-toi, Notari, pas besoin de la jouer princesse éplorée. Tout va bien.

Esther, s'arrêta abruptement. Le souffle coupé et les oreilles sifflantes, elle répliqua rapidement à son partenaire.

– Bordel, me dis pas que je me suis fracassé les poumons pour rien ! T'es où ? Tu les as eus ? C'était quoi ce coup de feu ?

– Je suis juste à l'angle, je t'entends en deux fois, tu ne dois pas être loin de ma position.

Esther se remit à courir en direction de l'angle formé par le passage, situé à une vingtaine de mètres. Elle tourna et s'apprêta à houspiller Bruno. La vue qui lui fut offerte lui fit l'effet d'un uppercut.

– Oh non! Non, non, non, non. Qu'est-ce que tu fous par terre?

– Calme-toi, s'il te plaît. C'est rien de grave, je t'assure.

Son partenaire, le teint cireux, était appuyé contre le mur en crépi de la maison formant l'angle de l'allée. Assis par terre, il tenta de se relever. Un gémissement sourd jaillit de sa bouche et une expression de douleur pure déforma son visage d'ordinaire si impénétrable. L'une de ses mains étant plaquée sur le bas de son torse, il ne parvenait pas à appliquer suffisamment de force sur son autre paume pour supporter son poids. Esther comprit soudainement qu'une importante quantité de sang commençait à s'accumuler sur la veste bleue de son partenaire. L'hémorragie semblait cette fois-ci véritablement incontrôlable. La jeune femme sentit une vague de panique la submerger. Un filet de voix finit par jaillir de sa bouche.

– Bruno, tu es touché. C'est grave. Je crois que c'est très grave. C'est... ils t'ont tiré dessus, bordel.

– C'est vilain, mais ça va aller. T'en fais pas.

Une quinte de toux vint immédiatement le contredire. Du sang dégoulinait entre les doigts de sa main droite.

Esther, les mains tremblantes, se saisit de sa radio, incapable de détacher son regard du liquide rouge et poisseux qui s'écoulait du torse de Bruno.

– Gendarme touché, blessure par balle au torse. Faites vite, c'est grave.

– Je leur ai déjà communiqué la position. T'en fais pas, Notari, on est d'accord que c'est pas mon jour, mais tout va bien se passer.

Bruno tentait de donner le change, mais son état se dégradait irrévocablement, et chaque seconde semblait extirper un peu plus de vie de son corps.

– Ferme-la, bon Dieu, tu es en train de te vider de ton sang ! Bruno, c'est une putain d'hémorragie, c'est pas possible, balbutia Esther.

Esther prenait petit à petit conscience de la situation désespérée dans laquelle Bruno se trouvait. Cette blessure était très grave. Elle était trop grave. La jeune femme fut saisie d'une effroyable impression d'impuissance. Malgré sa formation, elle était incapable d'aligner ses pensées et d'agir de manière sensée.

– Mais qu'est-ce qui est arrivé ? Bruno, qu'est-ce que je fais ? Oh ! mon Dieu, qu'est-ce que je dois faire ?

Bruno, les yeux vitreux, observait Esther qui s'égosillait. Sans réfléchir, il utilisa ses dernières forces pour lui saisir la main et l'attirer à lui. La bouche remplie de sang et incapable de prononcer les trois mots qu'il voulait dire à Esther depuis ce qui lui paraissait une éternité, il sentit une ultime quinte de toux lui déchirer les entrailles. Des postillons de sang vinrent moucheter le visage de la femme qu'il aimait. Cette dernière ne remarqua même pas le bruit assourdissant occasionné par les véhicules d'urgence qui convergeaient vers la rue Centrale. Les yeux inondés de larmes, le corps traversé de spasmes et la voix cassée par un long râle ininterrompu, Esther finit par perdre connaissance, toujours nichée au creux des bras sans vie de Bruno.

* * *

Delphine fixait Esther avec horreur. Cette dernière, plus pâle qu'à l'ordinaire, regardait le sol en clignant rapidement des yeux.

– Et voilà, fin de l'histoire. Il est mort à cause de moi. J'ai merdé sur toute la ligne. En le laissant partir à leur poursuite sans assistance, en étant incapable de lui fournir des soins en arrivant vers lui. Et tout le monde me disait le contraire. Que c'était pas ma faute, que c'était la fatalité, que même en étant médecin urgentiste, j'aurais rien pu faire. Mais je voyais bien que c'était que du vent. Tous ces gens, ces hypocrites, savaient bien qu'on m'avait retrouvée inconsciente dans ses bras et pas en train de tout faire pour le ranimer. J'ai même pas appuyé sur la plaie, vous vous rendez compte ? Je suis restée les bras ballants, la bouche ouverte… comme la dernière des connes.

La voix de l'enquêtrice se brisa au moment de prononcer les trois derniers mots. Delphine se leva brusquement et prit Esther dans ses bras. La Payernoise tenta vaguement de se défaire de l'étreinte de sa collègue, mais finit par cesser d'opposer de la résistance et sanglota silencieusement.

Au bout de quelques minutes, Delphine rompit le silence presque total qui régnait dans la pièce. Avec un sourire, elle s'adressa à sa collègue.

– Esther, je pense que j'ai une super idée. On va aller te changer les idées. C'est important que tu prennes du temps pour toi.

Bowling de Sévaz, mardi 13 octobre 2015, 19 h 45

Esther regardait le bowling de Sévaz les yeux plissés, sceptique.

– C'est ça, ta super idée ? Une partie de bowling et une pizza trop huileuse ?

Delphine sourit à Esther. La remarque acerbe de sa coéquipière sonnait faux, le tutoiement réciproque et le petit tremblement de voix trahissaient la vérité : son comportement agressif commençait à devenir forcé et n'était là que pour sauver les apparences.

– Je crois qu'on a toutes les deux besoin de prendre une soirée pour décompresser de cette enquête et repartir sur de bonnes bases. Alors tu vas bouffer ta pizza trop huileuse et te faire laminer au bowling, que tu le veuilles ou non, Notari.

Esther fixa Delphine avec des yeux ronds. Sans le savoir, cette dernière l'avait appelée comme le faisait Bruno, et avait même répliqué avec vigueur. Décidément, cette soirée réservait déjà son lot de nouveautés, d'un côté comme de l'autre. La Payernoise ne parvenait toujours pas à croire qu'elle avait tout déballé à quelqu'un qui n'était pas un psy. À bien y réfléchir, elle ne parvenait pas à croire qu'elle avait *tout* déballé. Aux psychologues et à certains de ses collègues trop curieux, elle n'avait jamais raconté autre chose que les faits s'étant déroulés à Avenches. Ni la patrouille à Corcelles ni les petites taquineries, encore moins la déclaration de Bruno n'avaient été l'objet d'épanchements larmoyants. Son deuil et ses regrets, elle s'était promis de les vivre seule. Et voilà que ce soir, elle avait tout lâché à Delphine. Celle-ci stoppa net le flux ininterrompu des pensées de sa collègue en agitant l'une de ses mains devant le visage d'Esther.

– Allez, la pizza huileuse n'attend pas !

Estavayer-le-Lac, domicile de Delphine Vaucher, mercredi 14 octobre 2015, 7 h 25

— Esther, debout. On va être en retard. Esther !

Esther parvint à entrouvrir légèrement un œil et aperçut le visage de Delphine en dessus du sien. Elle tenta de maudire son interlocutrice, mais la consistance pâteuse de sa bouche ne lui permit que quelques onomatopées gutturales. Des bruits de pas indiquèrent à la policière aux yeux encore collés que sa collègue s'éloignait. Un grincement déchira l'air, sans doute l'ouverture d'une armoire.

– Mes vêtements devraient t'aller. Tu portes du 36 ou du 38 ? Peu importe, je pense que ce jean t'ira très bien.

Nouveaux grognements.

– Tu ne vas pas pouvoir mettre le tien, tu as renversé de la Suze dessus. Et ton pull a une énorme tache d'huile à pizza. Un sweat-shirt à capuche, ça te conviendrait ?

* * *

Esther considérait avec suspicion la mécanique visiblement bien huilée du couple Delphine-Diogo. En temps normal, voir les roucoulades d'un couple l'aurait mise en rogne, mais il fallait admettre que ces deux-ci étaient plutôt mignons. Le compagnon de Delphine se tourna finalement vers elle. Selon ce qu'elle avait cru comprendre, elle l'avait déjà rencontré la nuit précédente. Aucun souvenir. La jeune femme avait sans l'ombre d'un doute été beaucoup trop entreprenante en termes de consommation d'alcool.

– Esther, je vous sers un café ou un thé ? Si vous voulez, on a des Dafalgan ou de l'aspirine.

– Un café, merci. Ça ira pour l'aspirine, je vais très bien.

Le teint verdâtre de la Payernoise laissait pourtant penser qu'un petit cachet ne lui aurait pas fait de mal.

– Je suis désolée de t'avoir ramenée ici, s'excusa Delphine, mais on était toutes deux un petit peu éméchées et Diogo n'a pas réussi à comprendre ton adresse quand tu as essayé de lui expliquer.

Le ton prudent employé par Delphine laissait penser qu'elle craignait une réaction virulente de la part de sa collègue.

– Non, c'est moi qui suis désolée, fit Esther après un temps. Je suis une adulte responsable et je n'aurais pas dû...

– Chasser des enfants du billard ? coupa Diogo d'un ton moqueur.

Delphine envoya un coup de coude à Diogo tout en rougissant violemment.

– Ne me dites pas que j'ai fait ça, fit Esther d'une voix rauque.

– Sans oublier que, selon Delphine, vous avez aussi lancé des chips sur un type qui a voulu prendre votre boule de bowling préférée, continua Diogo.

– Tais-toi, marmonna la Lausannoise en adressant un sourire grimaçant à Esther.

Celle-ci, le regard dans le vague, semblait être en train de récupérer quelques souvenirs confus. À la grande surprise de Delphine, le visage fatigué de sa collègue se fendit soudainement d'un franc sourire.

– C'était vraiment ridicule, souffla-t-elle.

– Je confirme. Quand je vous ai ramenées à Esta, vous vous êtes presque battues pour le choix de la musique. Esther voulait *L'Aventurier* et Delphine, *Les Lacs du Connemara*. De solides références, mesdames.

S'imaginant l'incongruité de la scène, Delphine sentit un rire lui chatouiller la cage thoracique. Quand son regard croisa celui d'Esther, elle finit par perdre le peu de sérieux qui lui restait. Alors qu'elle tentait vainement d'étouffer les pouffements qui la secouaient, elle entendit le rire d'Esther s'élever dans l'air. Le teint de plus en plus rouge et les larmes lui montant progressivement aux yeux, la grande brune ne semblait pas être la même personne que celle que Delphine avait connue jusqu'à présent. Dès que l'une croisait le regard de l'autre, le fou rire reprenait de plus belle, inarrêtable. Le moment avait un goût de libération pour Delphine. La jeune femme se sentait envahie par une vague de bien-être et, même s'il s'agissait plus de la philosophie de vie de sa mère que de la sienne, elle se surprit à adresser une prière pour remercier les ondes positives qui baignaient désormais la pièce.

* * *

– Tu conduis bien. Mais pas aussi bien que moi.

Esther considérait avec une once de mécontentement Delphine, qui regardait consciencieusement dans le rétroviseur de son Opel Astra. Les sièges arrière de la voiture de la Lausannoise étaient occupés par des sacs et vestes en tous genres, et des emballages de fruits secs et autres sucreries étaient également visibles.

– Je sais que tu aurais voulu conduire, mais c'est ma voiture, donc mes règles, fit Delphine d'un ton narquois. Et d'ailleurs, à partir de maintenant, on fera cinquante-cinquante avec la voiture de service, hors de question que tu sois l'impératrice du volant.

– OK, motion adoptée, marmonna sa partenaire avec un demi-sourire.

Son rictus disparut pour laisser place à un léger froncement de sourcil. Un mot provenant du son presque inaudible craché par les haut-parleurs de la voiture avait attiré son attention. Esther s'empressa d'augmenter le volume tout en faisant signe à Delphine de ne pas parler.

«... même établissement médico-social qui avait défrayé la chronique après des soupçons de vols. Les forces de police fribourgeoises ont annoncé ce matin la mise en détention du responsable de l'EMS de Vallon. Ce dernier serait, selon les premiers éléments de l'enquête, coupable de plusieurs délits. Pressions psychologiques et menaces auprès de l'aide-soignante injustement accusée ainsi que déclarations mensongères à la police : la liste est longue et n'augure rien de bon pour Frédéric Guillod. Le Fribourgeois avait par ailleurs à l'époque lui-même contacté la presse afin de laver la réputation de son établissement, le tout en imputant donc la responsabilité des nombreux larcins y ayant été commis à une employée licenciée par la suite.

Selon nos informations, le témoignage édifiant d'une infirmière dont l'identité n'a pas été révélée aurait permis de confondre le directeur. Point maintenant sur la situation électrique en Cisjordanie, où plusieurs attaques au couteau ont eu lieu ces derniers jours... »

D'un geste vif, Delphine baissa le volume de la radio.

– Je suis contente que Margot Cochin ait tout déballé. Guillod devait leur mettre une sacrée pression, à elle et au personnel. Je veux dire, on voyait bien qu'ils étaient tous apeurés.

– C'est sûr. Je craignais qu'elle se rétracte devant les policiers. Notre petite visite l'a vraiment décidée. Tu as réussi à la rassurer, je pense que ça lui a fait du bien de se sentir écoutée et comprise sans jugement.

– C'était un compliment ?

– Prends-le comme tu veux, maugréa Esther. Oh, est-ce que tu pourras me poser devant la boulangerie Bigler une fois qu'on est sur Payerne ? Tu vois où c'est ?

– Je crois que j'y suis allée pour acheter du pain l'autre jour. Au bout de la Grand-Rue, c'est juste ? Tu dois t'acheter quelque chose ?

– Pour me faire pardonner au bureau, je vais prendre quelques croissants, grimaça son interlocutrice. J'imagine que je dois commencer à faire mon mea-culpa auprès des autres. Je suis vraiment pénible avec eux. Pénible, c'est un euphémisme, murmura-t-elle après avoir marqué un temps d'arrêt.

– Bonne idée, mais de mon point de vue, certains auraient pu être plus agréables avec toi. Sandra...

– N'aura pas de croissant ! Faut pas rêver, le seul effort que je vais faire en ce qui la concerne, c'est de ne pas l'encastrer dans un mur !

Delphine rit jaune. Les bonnes intentions d'Esther étaient évidentes, mais il restait assurément du chemin à parcourir.

Commissariat de Payerne, mercredi 14 octobre 2015, 10 h 15

L'humeur générale du poste était en berne. Les alibis des principaux suspects étaient plausibles, la vie personnelle de Claire paraissait parfaitement rangée et personne ne semblait lui en vouloir au point de la tuer. En somme, toutes les pistes s'asséchaient inéluctablement. La pression de la presse et de l'opinion publique devenait intenable, et l'intérêt pour l'enquête ne tarissait pas, bien au contraire. La veille encore, une rediffusion spéciale des numéros les plus notables de *Bruits de couloir* avait battu des records d'audience. L'affaire avait même été évoquée dans quelques journaux télévisés français. Les agents étaient tous exténués et avaient la sensation de pédaler dans la semoule depuis le début des investigations. Les critiques à l'égard de la police dans les médias, souvent particulièrement virulentes, n'aidaient pas à mettre du baume au cœur des membres de l'équipe, dont les bureaux étaient jonchés de miettes. Esther avait effectué une distribution de croissants dans un silence religieux, chacun la dévisageant avec des yeux ronds. L'incrédulité avait atteint un nouveau palier quand, après un regard très appuyé de Delphine, la Payernoise avait – en soupirant – tendu une viennoiserie à Sandra, qui l'avait elle-même saisie comme s'il s'agissait d'un bâton de dynamite. Depuis, les paris allaient bon train sur ce que Delphine avait bien pu faire à Esther pour la transformer en l'espace de quelques heures. L'attitude des deux jeunes femmes tranchait par ailleurs de manière flagrante avec celle des autres personnes présentes dans les bureaux de la brigade criminelle, tant leur motivation semblait intacte. L'une demandait l'avis de l'autre, l'autre encourageait l'une d'un petit geste du poing. Le petit manège des deux policières intriguait au plus haut point une bonne partie de la brigade. Esther avait même ramené sa chaise de bureau près du poste occupé par Delphine. Toutes les deux étaient restées penchées sur le calepin de la Lausannoise pendant une bonne vingtaine de minutes jusqu'à ce que cette dernière s'éclipse, téléphone à la main.

– Je me souviens que la témoin qui m'avait mise sur la piste Hennard avait brièvement évoqué d'autres personnes qui ne portaient pas Claire Alderman dans leur cœur et sur lesquelles on devrait concentrer notre attention. Je l'ai appelée. Elle n'était pas ravie que je la contacte, mais elle a fini par préciser ce qu'elle entendait par là. Selon elle, une partie du milieu agricole broyard n'était pas très adepte de Claire et de ses méthodes, notamment à cause de ses sujets sur les pesticides, l'utilisation d'antibiotiques et le bien-être animal, enfin ce genre de choses. D'après les paysans, elle se contentait d'aller «foutre le cheni» sans tenter de réellement comprendre les tenants et aboutissants de leur quotidien.

– Delphine, je te remercie de ton investissement, soupira Cédric. Mais il nous faut quelque chose de plus solide qu'un peu de rancune. Par exemple...

– Justement, interrompit Esther. On a un peu creusé et, en tapant quelques mots-clés sur Internet, on a compris que Claire effectuait aussi un travail de fond sur certaines affaires qui intéressaient la RTS. En particulier celles qui touchaient au canton de Vaud et à la Broye. Elle n'était pas tout le temps sur le devant de la scène, donc certaines personnes ignoraient son implication dans des sujets qui parlaient de notre région.

– Et il y en a un en particulier qui a attiré votre attention ? fit Cédric, pas convaincu.

– Le projet Berney, vous vous en souvenez ?

– C'est quoi, le projet Berney ? interrompit une voix nasillarde.

– Un agriculteur de la région qui avait élaboré un projet en lien avec le bioéthanol, curieux que t'en aies pas ne serait-ce qu'entendu parler, éluda Marc en réponse à la question de Sandra. Mais attendez, c'est Alderman qui s'est occupée de cette affaire ? Parce que, si mes souvenirs sont bons, ça a été révélé dans *Mise au point*, pas dans son émission à elle.

– En réalité, il semblerait qu'elle ait elle-même réalisé une grande partie de l'enquête il y a quelques mois. Elle avait interrogé des investisseurs, des experts sur le sujet et, bien sûr, l'agriculteur en question.

– Quoi qu'il en soit, je ne crois pas trop à ces histoires de reportages qui auraient pu susciter une réponse haineuse ou une rancœur capable d'aller jusqu'au meurtre. Et puis, les réseaux sociaux sont propices aux débordements, mais quand on se retrouve en face de la personne et que celle-ci n'a pas son écran pour se protéger, les discours et les actions sont tout autres. Esther et Delphine, contrôlez tout ça si on n'a rien d'autre à exploiter d'ici la réunion avec le procureur. Rappel général : on fait le point avec lui et une partie de l'équipe scientifique de Lausanne ce soir à 17 h 30. Que tout le monde se concentre de nouveau sur les preuves tangibles, que ce soit le rapport du légiste ou les relevés de téléphone. On vient d'obtenir accès à l'intégralité de ses comptes sur les réseaux sociaux, mettez-vous à plusieurs et épluchez-moi tout ça. Il faut qu'on ait du nouveau, mais surtout, du concret. Au boulot !

* * *

Dans la voiture, Delphine souffrait d'une migraine abominable. Chaque minute de l'échange qu'Esther et elle avaient eu avec Dimitri Berney avait augmenté son mal de crâne. Après leur avoir offert un café qui relevait plus du jus de chaussette que de la boisson chaude, l'agriculteur avait tenu à leur faire visiter une partie de son exploitation, visiblement pas inquiété par la raison de la présence des deux policières. Alors qu'Esther s'extasiait devant deux petits veaux répondant aux doux noms de Mélusine et Prunette, Delphine avait senti la nausée se faire de plus en plus forte. L'odeur rance du fumier était une nouveauté pour la citadine, et cette dernière ne comprenait pas comment sa coéquipière faisait pour supporter une senteur aussi forte. Alors que la Lausannoise luttait pour garder bonne figure, Esther faisait – événement assez remarquable pour être noté – copain-copain avec leur nouveau suspect. Sur le chemin du retour, Delphine avait eu du mal à cacher que son moral était en chute libre.

– Ce type est blanc comme neige, soupira la jeune femme. Il a même avoué qu'il avait laissé des commentaires désobligeants sur l'émission de Claire avec un pseudo et qu'il le regrettait, tu te rends compte ? On a perdu notre temps, c'est de ma faute…

– Pour l'enquête ? C'est clair. En revanche, voir ces petits veaux et sentir ce bon air… Ça me fait penser à mes balades dans les chemins de remaniement, tu croises toujours ces troupeaux de bovins et ces petits veaux trop mignons qui te regardent comme si tu étais leur mère. Vous avez pas ça, à Lausanne ! lança Esther, goguenarde.

– Et c'est pas plus mal, grinça Delphine. J'aime beaucoup la nature, mais là, niveau odorat, c'était trop pour moi.

– Écoutez-moi cette citadine qui découvre la vraie vie, gloussa la campagnarde. Pour en revenir à notre piste, tu penses qu'on a quand même assez d'éléments pour faire notre rapport ?

– Oui, ça devrait aller. Mais on ne débouche sur rien, une fois de plus. En résumé, Dimitri Berney voulait simplement créer un petit business de bioéthanol dans la Broye avec des financements participatifs. En s'y intéressant, Claire découvre que le projet n'est pas viable et que Berney commence à s'embourber dans son coin. Le tout est abordé dans *Mise au point*, tollé auprès des investisseurs qui ont eu l'impression qu'on leur cachait des choses, la majorité des financements est retirée. Conséquences, un « espoir de mise en lumière de la Broye », pour reprendre les termes de Berney, disparaît et sa réputation en prend un coup. Il y a environ deux semaines, il laisse un message anonyme sur un forum de la RTS pour dire que Claire est une petite arriviste qui n'y comprend rien. Mais il était à Aarberg le jour de sa mort.

– Il n'avait pas du tout l'air inquiet qu'on lui pose la question, soupira Esther en se grattant le font, les sourcils froncés. J'ai surtout la sensation qu'il était très triste pour Claire, il a même dit que sa fille cadette avait le même âge qu'elle. S'il s'implique émotionnellement et nous dit de lui-même qu'il regrette avoir écrit des mots qui dépassaient sa pensée, je le vois mal être impliqué d'une quelconque manière.

Delphine sourit tristement. Qu'ils aient bon ou mauvais fond, tous leurs suspects se révélaient innocents. Intérieurement, la policière commençait à éprouver un affreux sentiment d'impuissance. Et si le meurtrier de Claire Alderman parvenait à s'en tirer? La solution devait se trouver sous leurs yeux, elle en était persuadée.

Grand-Rue de Payerne, appartement d'Esther Notari, mercredi 14 octobre 2015, 13 h 35

Delphine regardait Esther avec amusement. Du bout des doigts, la Payernoise venait de sortir une paire de lunettes de son étui. Après les avoir gauchement chaussées, la policière intercepta le regard gouailleur de sa collègue.

– Ce sont juste des lunettes de vue, je n'ai pas pris les plus jolies, je sais. On peut passer à autre chose? lança la jeune femme, courroucée.

Delphine faillit éclater de rire tant la vision des yeux désormais minuscules de sa collègue semblait aberrante par rapport à l'image de grande dure que souhaitait visiblement se donner cette dernière en toutes circonstances. Se souvenant de la raison de leur présence dans l'appartement, la Lausannoise finit toutefois par acquiescer silencieusement et se saisit d'un premier porte-documents posé au sommet d'une pile de feuillets à même le sol. L'appartement d'Esther était meublé de façon spartiate, et rien ne respirait vraiment l'originalité ou la fantaisie. Seul un petit secrétaire en bois d'acajou attira par ailleurs l'œil de la curieuse, il s'agissait sans l'ombre d'un doute d'un meuble de grande valeur.

– Cadeau de Bruno, fit Esther, qui avait intercepté le regard de sa partenaire. Il me l'avait apporté pour ma pendaison de crémaillère. Cet idiot avait failli se tuer en montant les escaliers avec cet énorme truc dans les bras. Il voulait que ce soit « une surprise totale ». Typique, pouffa doucement Esther.

Delphine sourit doucement. La jeune femme se fit la réflexion que la décoration personnelle, pauvre, pour ne pas dire inexistante, rappelait plutôt un catalogue Ikea. Elle grimaça en constatant que l'unique cadre photo présent dans le séjour contenait toujours l'image prétexte glissée à l'intérieur.

* * *

Après avoir rapidement mangé des pâtes trop salées et une salade de carottes insipide, conséquence des talents culinaires peu prononcés des deux femmes, Esther et Delphine décidèrent de se replonger dans les dossiers et rapports accumulés sur l'affaire Alderman. Bien décidées à avoir autre chose qu'un échec cuisant à présenter au procureur lors du briefing de 17 h 30, les policières se remirent donc méthodiquement au travail. Pendant que sa coéquipière tentait de déchiffrer le second rapport médico-légal qui leur avait été transmis, Delphine se chargeait d'éplucher les informations contenues sur les différents comptes que Claire possédait sur les réseaux sociaux.

– Delphine, dis-moi que tu as quelque chose, gémit Esther après plusieurs dizaines minutes de concentration silencieuse. Tout ce que j'ai pu tirer de ce charabia, c'est que Claire s'est vraisemblablement cogné la tête sur la table basse du salon. Mais, même ça, ils précisent qu'ils ne l'*affirment* pas, et que c'est peut-être un résidu de sang... Entre nous, je trouve ça sacrément con, parce qu'ils disent aussi qu'ils ont trouvé des cheveux et un fragment de cuir chevelu au même endroit. Elle s'est clairement ramassé ce truc, enfin merde, c'est logique !

– C'est vrai, murmura Delphine, l'air absent. Rien de rien de mon côté. Elle avait peu d'échanges texto via Instagram ou Twitter. Pas mal d'abonnés et de personnes qui la suivaient, mais elle se contentait de poster du contenu sans avoir de réelles interactions avec son audience.

Tout en basculant brutalement la tête en arrière, Esther poussa un soupir qui relevait plus du grognement. Elles avaient beau tourner le problème dans tous les sens possibles et imaginables, la solution leur paraissait toujours se trouver à des années-lumière.

– OK, fit Delphine en fermant les yeux, on ne peut plus se permettre de se raccrocher aux suppositions. Qu'est-ce qu'on a de concret ?

– Ce qu'on a de concret ? Bonne question. Je sais même pas si on a la moindre preuve matérielle qui tienne la route.

– Pour ce qui est du circonstanciel, ce qui est clair, c'est que la victime était une personnalité publique. Beaucoup de gens la connaissaient au moins de visage ou de nom, donc à partir de là...

– Logique qu'elle ne fasse pas l'unanimité, compléta Esther en se redressant.

– Surtout pour les personnes dont les domaines professionnels et personnels ont été impactés d'une manière ou d'une autre par son travail ou sa personne, continua Delphine. Mais aucun de nos suspects ne semblait réellement souhaiter sa mort, ou tout du moins avoir le courage de la tuer. On n'a vraiment aucune preuve matérielle?

– L'histoire du phare et du coup de téléphone, mais encore une fois, c'est bien bancal.

– Bon, le coup de fil nous indique juste l'heure présumée de la mort de Claire. Pour le phare, Cédric et toi avez déjà exploré la piste. Ensuite, les témoins et anciennes connaissances de...

– Attends une seconde. Le phare. Peut-être qu'on n'a simplement pas assez creusé.

– Inutile de perdre plus de temps, vous avez visionné des heures de caméra de surveillance et Chesard est vraiment paumé, il y a clairement possibilité de faire des kilomètres avant d'être inquiété par la présence d'une caméra de surveillance.

– Justement. Justement! La personne qu'on cherche habite donc à proximité de la scène de crime, ou alors elle a pu éliminer le problème avant de se retrouver sur une grande artère.

– En partant du principe que cette histoire de phare n'est pas du pipeau, grimaça Delphine, qui tentait de tempérer les ardeurs de sa collègue. Si on s'embourbe dans cette piste et qu'elle ne mène à rien...

– Pas grave, s'exclama Esther. De toute manière, l'enquête piétine déjà. Il faudrait qu'on visite les garages les plus proches de la scène de crime. Peut-être que l'un d'eux a dépanné quelque chose de similaire ces derniers jours.

– Bon, très bien, on fait comme tu penses. Je regarde sur Internet et je fais une liste des garages.

– Je me renseigne sur le temps qu'il faut pour réparer un phare et je vais quand même essayer de trouver les caméras les plus proches de Chesard, même si c'est chez des particuliers.

Grandcour, garage Combremont, mercredi 14 octobre 2015, 15 h 10

– Bonjour monsieur, nous sommes employées chez un comparateur d'assurances automobiles et de couverture de dégâts et nous souhaiterions...

Esther lança un regard las à Delphine et la coupa dans son élan.

– Brigade criminelle. Nous aurions quelques questions à vous poser. Pourriez-vous nous consacrer une dizaine de minutes ?

La bouche entrouverte, le regard perdu et les mains ballantes, le propriétaire du garage fixait les deux policières avec incrédulité.

– Euh... attendez une petite seconde. Police ? Comparateur d'assurances ? Je ne suis pas sûr de vous suivre, mesdames.

Esther plaça ses doigts sur les ailes de son nez avant de sortir son badge de sa poche, une ombre de sourire flottant sur le visage.

– Excusez ma collègue, voici mon insigne. Ne vous inquiétez pas, il ne s'agit pas d'un interrogatoire. Quels types de réparations avez-vous effectuées ces derniers jours ?

– Ouh là, mais c'est que vous me prenez de court. Attendez, laissez-moi réfléchir. Un changement de batterie lundi, un contrôle de la carrosserie et de la liaison au sol hier... Ah oui, il y a quelques jours, une réparation de...

Pendant que le garagiste cherchait ses mots, Delphine et Esther se dévisagèrent discrètement. Inconsciemment, les deux femmes se penchèrent légèrement en direction de leur interlocuteur. Ce dernier, décontenancé par l'attitude des policières, finit par répondre.

– Euh, de... pneus, chevrota-t-il, la voix entrecoupée d'un petit craquement.

* * *

Esther conduisait nerveusement. En route pour le deuxième et déjà ultime garage susceptible d'avoir croisé le chemin du meurtrier, ses doutes se renforçaient.

– On n'est même pas certaines que le coupable a fait réparer ce phare, pesta-t-elle dans sa barbe.

– Effectivement, mais je sens bien cette piste, rétorqua Delphine. Selon moi, si la personne que l'on cherche ne s'est pas déjà rendue à la police, elle a tout fait pour effacer le moindre élément la reliant au meurtre.

– Oui, mais l'indice du phare n'a pas été rendu public, soupira Esther.

– C'est vrai. Mais si on a affaire à une personne qui a prémédité son acte ou qui n'a pas l'intention de se rendre, on doit être en face de quelqu'un de méthodique qui a le goût du travail bien fait. C'est juste mon sentiment, cela dit.

– Un sociopathe, en gros. Quelqu'un dénué de sentiment de culpabilité et d'émotions.

– Je ne suis pas psychologue, chère collègue, sourit Delphine. Bon, j'ai effectué un stage sur les différents comportements adoptés par les coupables d'un délit, mais de là à être capable de me livrer à une psychanalyse...

Après une petite pause, elle reprit pensivement.

– De toute façon, quelqu'un qui jette le corps d'une jeune femme dans un fossé et se tire sans demander son reste doit être très déséquilibré émotionnellement.

– La mort de Claire doit de toute façon être liée à quelque chose de personnel, fit Esther. On n'est pas au Mexique, les journalistes ne se font pas tuer pour une simple enquête.

Vallon, garage de Carignan, mercredi 14 octobre 2015, 15 h 25

L'employé qui recevait Delphine et Esther se grattait pensivement le menton. Les deux jeunes femmes qui lui faisaient face arboraient la même expression suppliante que celle que son golden retriever faisait quand il était en quête de friandises. Même si les policières s'étaient gardées de communiquer des détails, l'homme avait compris sans trop de difficultés que la raison de leur présence était liée d'une façon ou d'une autre à la mort de la journaliste. Après tout, Missy étant pratiquement collé au garage, celle-ci avait grandi à quelques centaines de mètres tout au plus. Et puis, qu'est-ce que des flics de la brigade criminelle ficheraient ici pour autre chose que le sujet qui était sur toutes les lèvres depuis déjà quatre jours ?

– Je n'ai pas effectué de réparations particulières depuis la mort de la fille Alderman, si c'est ce que vous voulez savoir, finit par déclamer le garagiste. C'est un début de semaine calme, les gens ne vont pas tarder à mettre leurs pneus d'hiver, mais en attendant, tout ce qu'on fait c'est nettoyages, pleins d'essence et services périodiques.

La déception se lut sur le visage de la femme aux cheveux bouclés, tandis que sa collègue, une brune élancée qui n'avait pas l'air très commode, lui adressa un regard au moins aussi glacial que la bise qui soufflait depuis la veille.

– Désolé de ne pas pouvoir vous être plus utile, croyez bien que…

– Ne vous en faites pas, merci de nous avoir consacré du temps, répondit immédiatement la blonde aux yeux bleus. Si vous effectuez une quelconque réparation de pneu ou de phare dans les prochains jours, veuillez nous contacter. Voici ma carte, poursuivit la policière en s'approchant du garagiste. Vous avez mon numéro direct juste ici et en dessous, il s'agit du numéro de la centrale que vous pouvez composer si vous voulez parler à…

– Vous connaissez un autre endroit où l'on pourrait faire réparer une bagnole dans le coin ? coupa soudainement la grande brune au regard polaire.

– Chez Combremont à Grandcour. Sinon, non.

– Très bien, merci de votre aide.

Les deux jeunes femmes commencèrent à s'éloigner vers leur voiture de fonction, et le garagiste pouvait entendre des éclats de voix indistincts.

– Sinon, il y a chez Frédéric Hennard, finit-il par lancer dans le dos des policières. Il est à la retraite, mais j'imagine que si vous vous pointez chez lui, il est capable de vous réparer n'importe quoi.

La blonde marqua immédiatement un temps d'arrêt tandis que la brune se retourna vivement et marcha vers lui comme un boulet de canon. Elle s'arrêta à une dizaine de centimètres de son visage, les yeux écarquillés. La jeune femme devait presque faire une tête de moins que lui, et pourtant le garagiste d'un mètre nonante s'entendit déglutir bruyamment, incapable de décoller ses yeux du regard aux allures d'aimant de son interlocutrice.

– Vous avez dit Hennard ? Le père de Maxime Hennard ? Il a un garage ?

– Euh… oui, oui et oui. Mais comme je l'ai dit, il est à la retraite depuis que son fils est mort. Je crois qu'il a très mal supporté toutes ces histoires, sans parler des on-dit. Enfin, rit-il nerveusement après un petit moment de flottement, il faudrait en parler à mon grand frère, il est beaucoup plus porté sur les commérages que moi.

Son rire, qui se répercuta sur les murs bétonnés du *car wash*, ne trouva pas de réponse. Les expressions silencieuses qu'échangèrent ses deux interlocutrices, ponctuées de haussements de sourcils, relevaient du langage codé.

L'homme craignit avoir commis une bévue en évoquant le père Hennard, tandis que la blonde entreprit, d'un air abscons, de demander l'adresse précise de ce dernier.

Ressudens, ancien garage Hennard, mercredi 14 octobre 2015, 15 h 50

– Soit c'est un coup de bol, soit il se trame quelque chose, marmonna Esther en tapotant nerveusement sur le volant.

Delphine ignora la remarque de sa collègue, tant son esprit était embué par la nervosité. Elles ne devaient laisser passer cette occasion sous aucun prétexte. Les coïncidences, la citadine n'y croyait que très peu. Comme pour toutes les enquêtes qu'elle avait menées jusqu'à présent, il arrivait qu'un simple élément permette de clarifier l'entier d'une situation complexe.

Trois coups secs tapés contre la vitre côté passager firent bondir la Lausannoise, perdue dans ses pensées. Esther poussa un petit couinement et bondit hors du véhicule, adoptant l'attitude d'une personne prête à en découdre.

– Excusez-moi, je ne voulais pas vous effrayer. Vous cherchez votre chemin ? Je vous vois arrêtées devant chez moi depuis quelques minutes déjà, j'avais peur que vous soyez un peu paumées.

Delphine entrouvrit sa portière et s'extirpa maladroitement de l'habitacle de la voiture.

– Bonjour monsieur, je... nous cherchons... enfin nous avons un problème...

– De phare.

Esther avait décidé de mettre un terme à ces atermoiements qui n'en finissaient décidément jamais. Elle savait qu'elle serait immédiatement en mesure de détecter un quelconque changement de comportement chez son allocutaire si ce dernier était dérangé d'une manière ou d'une autre par ses propos. Esther crut déceler un tressaillement fugace sur le visage de l'homme, mais le doute était toujours permis. La policière se décida à passer à la vitesse supérieure et glissa nonchalamment son brassard de police orangé autour du bras. L'effet fut immédiat. L'expression faciale jusqu'alors neutre de l'homme lui faisant face devint nébuleuse.

– Je ne peux pas vous aider, siffla l'homme en tentant de contourner Esther.

– Vous êtes pourtant garagiste, lança la Payernoise en faisant barrage à celui qu'elle pensait désormais avoir identifié comme étant Frédéric Hennard.

Une des veines du cou de ce dernier commença à palpiter, et sa respiration, désormais distinctement audible, trahissait un état d'irritation particulièrement prononcé. L'homme sembla néanmoins fournir un effort en s'adressant à Esther.

– J'étais garagiste, corrigea-t-il en atténuant progressivement la virulence du ton de sa voix. Désolé de ne pas pouvoir vous être utile, mais je n'ai pas les outils nécessaires. Il y a d'autres garages dans le coin, à Vallon par exemple. Maintenant, si vous voulez bien m'excuser, j'ai des cornets bien remplis à réduire dans mon carnotzet.

– Vous êtes bien le père de Maxime Hennard, Frédéric Hennard ?

L'homme se tourna vers Delphine, les poings serrés.

– Vous êtes de la police, c'est ça ? Je veux bien faire des efforts avec vous, les flics. Mais ne venez pas me parler de Maxime, on m'a déjà posé assez de questions sans queue ni tête et je n'ai pas envie de revenir sur ce sujet. J'ai dit tout ce que j'avais à vous dire, alors maintenant fichez la paix à ma famille. Bonne journée, mesdames.

– Monsieur Hennard ! Monsieur Hennard, s'il vous plaît !

Le père de Maxime resta sourd aux appels d'Esther et s'engouffra dans l'ancien garage sans demander son reste.

Grandcour, tea-room de la boulangerie Ruchat, mercredi 14 octobre 2015, 16 h 20

– Un thé froid pêche et un macchiato. Santé !

La serveuse posa l'addition sur la table et s'éloigna. L'espace dédié à la consommation de boissons en tous genres, petit mais confortable, ressemblait à un cocon et contrastait avec la noirceur de l'amoncellement nuageux visible par la petite baie vitrée. Esther attendit quelques secondes avant de commencer à parler, tout en tentant de ne pas s'exprimer trop fort malgré son excitation.

– Sa réaction quand j'ai mentionné le phare, tu l'as vue ? Je suis persuadée qu'il a eu l'air perturbé, voire flippé !

La Payernoise était extatique. Elle ne savait pas encore comment, mais l'implication d'Hennard dans la mort de Claire lui semblait évidente. Alors que Delphine sirotait silencieusement son macchiato, Esther reprit.

– Il faudrait qu'on contrôle ses déplacements et ses coups de fil. Tu penses qu'on y aurait accès rapidement ?

Merde, continua-t-elle avec un débit de parole donnant le tournis, le temps de faire la demande au procureur... On n'aura rien de nouveau à lui présenter pour tout à l'heure si on a besoin de sa signature pour avancer dans l'enquête. Ou sinon... Sinon, on peut directement aller demander au gars du service informatique ! Il doit déjà être présent au poste, comme il est aussi convoqué pour le briefing ! Il acceptera peut-être de nous faire une fleur !

Le manque de réaction de Delphine tempéra considérablement l'enthousiasme d'Esther, qui se mit à observer sa collègue en fronçant les sourcils.

– Dis voir, tu m'écoutes ou bien ?

Tout en déchirant consciencieusement des petits morceaux de serviette en papier, Delphine laissait son regard voyager sur les rainures du bois clair de la table. Elle prit ensuite le temps de terminer sa tasse, qu'elle posa lourdement sur la table. La policière considéra Esther avec un air indécis, et se mit à se mordiller la lèvre inférieure.

– J'ai peut-être un plan pour en avoir le cœur net, finit-elle par lâcher à voix basse, un sourire vacillant aux lèvres.

Ressudens, maison de Paula et Jean Baumgartner, mercredi 14 octobre 2015, 16 h 50

Delphine avait les mains terriblement moites. Chaque opération correctement effectuée sur le clavier de l'ordinateur hors d'âge de Jean Baumgartner relevait de l'exploit tant les erreurs qu'elle commettait étaient fréquentes. Les fichiers vidéo apparurent devant ses yeux, mais leur nombre, ainsi que le désordre dans lequel ils se trouvaient, promettait de compliquer la tâche déjà passablement ardue de la jeune femme. L'esprit parasité par la pression et l'impatience, cette dernière sentait que l'air avait de plus en plus de difficulté à parvenir jusqu'à ses poumons. À l'inverse, aucune anxiété ne se lisait sur le visage d'Esther. La sérénité qui se dégageait de son visage aurait sans doute fait verdir d'envie le plus détendu des moines Shaolin. Elle avait foi en son intuition, et le fait de pouvoir vérifier qu'elle avait raison – à l'aide de preuves tangibles qui plus est – lui insufflait une dose de confiance qui ne semblait pas tarir.

– Vous trouvez ce que vous cherchez, mesdemoiselles? Je ne remets pas en doute votre travail, mais si vous êtes là à cause de la mort de la petite Alderman, sachez que personne à Ressudens n'a l'âme d'un criminel.

Après s'être brièvement penchée par-dessus l'épaule de Delphine pour regarder l'écran du PC de son mari, Paula Baumgartner tendit une tasse à Esther. Cette dernière s'en saisit avec circonspection. L'odeur rance de camomille qui vint lui chatouiller les narines la fit grimacer. L'hôtesse ne sembla pas remarquer la légère répulsion de la policière, tant son intérêt pour ce qui s'affichait sur l'ordinateur était vif.

– Je vous avoue que je me réjouis de raconter aux membres de mon club de bridge que la police a sonné chez moi! C'est un petit événement, vous comprenez. La vie est décidément bien faite, j'avais tellement plaidé en faveur de la pose de cette caméra de surveillance. Et dire que mon mari était contre son installation, sous prétexte que nous n'en avions pas besoin!

– J'aurais jamais pensé que cette caméra aurait un jour une quelconque utilité... marmonna Jean Baumgartner en se grattant l'oreille. J'admets que tu avais en quelque sorte raison, chérie. Mais tu vois bien qu'en ce qui concerne les cambriolages, ce n'est pas parce que nous sommes à côté de la route que nous risquons plus que d'autres quartiers. Tiens, si ces dames sont policières, elles pourront te le confirmer. Vous avez des statistiques des effractions et des vols dans la région?

Delphine était totalement sourde aux propos de ses interlocuteurs. La policière, concentrée sur la récupération des images sur le système relié au dispositif de surveillance, tentait de se familiariser avec le fonctionnement du vieux logiciel. Après avoir repéré la caméra de l'habitation faisant face à l'ancien garage de Frédéric Hennard, la jeune femme était passée par tous les états d'esprit. Elle s'était refusée à considérer cette possible source d'indice comme étant la dernière carte qu'elle aurait la chance d'abattre. Il s'agissait peut-être d'une caméra leurre, ou alors ne fonctionnait-elle tout simplement plus. Même dans l'éventualité où cette dernière était encore en état de marche, il aurait fallu que son orientation offre un point de vue sur l'ancien garage de Frédéric Hennard. Delphine savait très bien que la plupart du temps, en plus d'être rares, les caméras présentes chez les particuliers ne fournissaient pas le moindre élément probant. Tout en priant silencieusement pour que cette piste soit la bonne, l'enquêtrice finit par trouver l'onglet « trier ». Un clic, et une fenêtre comportant des dossiers reliés à des séries de dates apparut finalement sur l'écran. Les doigts fébriles, Delphine cliqua sur le fichier du 7 octobre 2015. L'image qui s'afficha fit bondir son cœur. Elle en avait maintenant la confirmation, la caméra donnait bien sur l'ancien garage. Malgré la faible qualité de la vidéo, la pompe à essence désaffectée et la grande porte vitrée se trouvant en arrière-plan ne laissaient pas le moindre doute. Esther se rapprocha de sa collègue. Avec un petit claquement de langue désapprobateur, elle prit l'initiative de remédier à la lenteur de sa coéquipière. Le système informatique vétuste ne lui facilita pas la tâche, mais la policière finit tout de même par trouver l'outil « avance rapide ».

– Merde, souffla-t-elle d'une voix tremblante au bout de quelques minutes de concentration. Il faudrait contrôler une nouvelle fois pour en être sûr, mais je crois que pour ce qui est du 7, on n'a rien. Sa voiture ne bouge pas de chez lui, et il ne reçoit pas de visite.

Un silence de mort flottait dans le bureau de Jean Baumgartner.

– On peut encore trouver quelque chose, regarde… le 8 par exemple.

Alors qu'Esther visionnait les images, le front barré d'une ride, Delphine consulta nerveusement sa montre.

– Je pense qu'on aurait meilleur temps de télécharger le flux vidéo sur une clé USB et de regarder ça au poste. Le briefing est dans moins d'une heure, Esther.

– Rien pour le 8, fit sa collègue, la voix étranglée. Sa femme et lui reviennent juste avec des sacs de courses sur le coup des 15 h, je ne pense pas qu'ils se sont rendus à Chesard. La voiture est amodée[1], mais je ne vois pas de problème aux phares, en tout cas de ce point de vue. Je crois qu'on ne va rien trouver du tout. Ce qui est sûr, c'est que tout transférer sur une clé USB va prendre trop de temps, ajouta-t-elle, le ton sinistre.

– Très bien, alors regarde le 9, il a peut-être eu contact avec quelqu'un ou s'est rendu à Chesard ! Si on recoupe ça avec ses appels et messages, on aura potentiellement une correspondance intéressante.

– Le fichier du 9 n'existe pas, murmura Esther en se redressant. Ni celui du 10. Rien pour le 11 non plus.

– Nous avons eu des petites coupures de courant en fin de semaine passée, ça a un lien ?

---

1 Amodée : argot, signifiant ici « en marche, dont le moteur est allumé ».

– L'enregistrement tout entier a dû être interrompu et effacé, gémit Esther en écrasant sa paume sur son front. Bordel, on n'y arrivera jamais !

– On a de nouveau des images pour le 12, le 13 et aujourd'hui, mais rien avant. Ça vaut peut-être la peine de regarder, fit Delphine en tapotant gentiment l'avant-bras de sa collègue.

– À revérifier, comme pour les autres, mais rien d'apparent pour le 12. Je lance l'enregistrement du 13.

– Vous reprenez un peu de camomille ? J'en ai une théière pleine.

Alors qu'Esther se tournait vers Paula Baumgartner pour décliner son offre, Delphine poussa un cri suraigu et enfonça la touche « pause ».

– Nom de Dieu, Esther, tu vois ce que je vois ? La voiture !

Esther, couverte du thé camomille qu'une Paula Baumgartner terrorisée par le hurlement de la Lausannoise venait de renverser, lança un regard noir à cette dernière. Delphine, peu préoccupée par le mécontentement de sa collègue, couvrit son visage de ses mains.

– On les tient, ça y est. On les tient, Esther.

Commissariat de Payerne, mercredi 14 octobre 2015, 17 h 20

La clé USB contenant l'enregistrement vidéo de la veille dans sa main droite, Esther courait comme une dératée à travers les bureaux de la brigade criminelle. Delphine, totalement essoufflée par les trois volées de marches gravies à toute vitesse, peinait à la suivre.

– Bouge-toi, Vaucher, cria Esther. Tu dois leur expliquer !

– Je sais, je sais, répondit péniblement son acolyte, qui semblait au bord de l'apoplexie. Mais par pitié, ralentis !

– Leur expliquer quoi ? interrompit soudainement une voix masculine.

Esther, stoppée net dans son élan, se retourna en direction de l'endroit d'où provenait la voix. Un Cédric perplexe à l'air toujours aussi épuisé fixait les deux femmes, un café à la main.

– On a les coupables ! Il nous faut l'autorisation pour une mise sur écoute et des accès aux relevés de téléphone, s'égosilla Esther.

Cédric, interdit, mit un certain temps à saisir ce que sa collègue venait de lui communiquer.

– Comment ça, les coupables ? Vous en êtes sûres ? Vous avez des preuves ?

Esther hocha vigoureusement la tête et reprit sa course effrénée, visiblement à la recherche du procureur. La mine stupéfaite de Cédric incita Delphine, toujours à bout de souffle, à fournir plus d'explications à son chef.

– Frédéric Hennard a reçu la visite d'une voiture à laquelle il manquait un phare hier, aux alentours de 18 h. On a l'enregistrement d'une caméra en face de sa maison et...

La pause que dut marquer l'inspectrice pour reprendre le contrôle de sa respiration aurait pu facilement être interprétée comme une façon de faire durer le suspense.

– Bon Dieu, se lamenta la policière, qu'est-ce qu'elle court vite, Notari ! On a sprinté depuis la place de parc, tu te rends compte ?

– Vous avez le coupable, oui ou non ? mugit le responsable de l'enquête, plus fébrile que jamais.

– Les coupables. Le père de Maxime Hennard et Enzo Fischer. On ne sait pas dans quelle mesure chacun des deux est impliqué, mais ce sont eux. Hier, à 19 h, Enzo Fischer se pointe chez Hennard au volant d'une voiture à laquelle il manque très clairement un des deux phares. D'après le peu qu'on aperçoit sur les images, la discussion semble animée. Hennard finit par faire entrer Fischer ainsi que la voiture dans son garage. Vingt minutes plus tard, les deux se séparent. Enzo repart au volant de la même voiture, le phare est réparé. C'est flou, bien sûr. Mais c'est irréfutable, on les reconnaît, même pixélisés.

– Nom de bleu, vous avez fait fort, balbutia Cédric, la tête dodelinante. Je dois absolument voir ces images. Le procureur est déjà ici, il faut faire vite. On aura les documents nécessaires en moins de deux.

Tout en se mettant en route vers la salle de réunion, Cédric pressait Delphine de toutes les questions qui lui traversaient l'esprit.

– Mais pourquoi faire réparer le phare plusieurs jours après le meurtre ? Et si la discussion semblait animée, c'est qu'il n'y a pas eu un consensus clair entre les deux, non ? Est-ce qu'un des deux a assassiné Claire et que l'autre a été impliqué indirectement ? Dans ce cas, il serait logique que Fischer ait tué Alderman avant de demander de l'aide à Hennard, mais Marc et toi avez dit que son alibi était en béton !

Sa tirade resta sans réponse, Delphine s'étant écroulée sur l'une des chaises appartenant aux nombreux postes de travail désertés plusieurs heures plus tôt. Le teint écarlate, cette dernière fit vaguement signe à son collègue de rejoindre leur objectif, la salle de réunion. Cédric fila sans demander son reste et entra en trombe dans la pièce. Son regard croisa celui de Simon Jacquet, déjà attablé. Ce dernier semblait affolé.

– Madame, calmez-vous. Je ne suis pas sûr de bien saisir l'entier de la situation.

– C'est pourtant simple, rugit Esther en réponse. Nous avons les coupables, il nous faut les autorisations pour...

Cédric plaça sa main sur l'épaule d'Esther, qui retrouva en partie son calme.

– Donne-moi l'enregistrement, on va regarder tout ça avec la scientifique et l'équipe informatique. Transmettez immédiatement les images à Lausanne, ils ont les outils pour améliorer la qualité de la vidéo et ôter tout doute. Va chercher Delphine, et dressez-nous une liste complète de tous les éléments que vous avez.

– Monsieur Bettex, merci de rassembler votre équipe, glissa Simon Jacquet à l'intention de Cédric, un œil inquiet toujours posé sur Esther. Nous allons commencer immédiatement le briefing et nous concentrer sur ces derniers éléments. Que tout le monde se réunisse ici le plus rapidement possible !

* * *

Cédric faisait les cent pas dans les couloirs des bureaux de la brigade et enchaînait les coups de téléphone depuis plus d'un quart d'heure. La salle de réunion, quant à elle, répondait à tous les critères du désordre organisé. L'entièreté de l'équipe affectée à l'enquête amassait un maximum d'informations sur Frédéric Hennard et Enzo Fischer, et les liens commençaient à se former.

– Hennard et Fischer sont maintenant sur écoute. Pour ce qui est des relevés, Fischer a téléphoné à Hennard depuis son fixe hier un peu avant 11 h, lâcha l'un des membres de la police scientifique.

– C'est juste après notre départ de chez lui ! s'écria Delphine. Il a dû paniquer quand il a compris que l'étau se resserrait et se décider à contacter son complice.

– Mais il y a un petit problème, ajouta le technicien en secouant presque imperceptiblement la tête. Selon ce que j'ai sous les yeux, il s'agissait du premier contact téléphonique entre les deux. Ils ne se sont pas du tout appelés au cours des deux derniers mois, et ce sont les données les plus anciennes auxquelles j'ai accès actuellement. Curieux, pour deux complices de meurtre, non ?

– Sans oublier que l'alibi de Fischer pour le soir du meurtre tient la route, on l'a vérifié et revérifié : ça colle toujours.

Le ton préoccupé de Marc Badoux jeta un petit vent de doute dans la salle, et des regards chargés d'inquiétude convergèrent vers Esther et Delphine.

– Hennard serait le coupable ? Mais alors pourquoi est-ce que c'est Fischer qui arrive en conduisant une voiture correspondant au signalement ? C'est à n'y rien comprendre.

– Il nous manque juste le dénominateur commun, s'exclama désespérément Delphine. Fischer n'a peut-être pas eu envie de faire le sale boulot et... je ne sais pas.

Chaque membre des forces de l'ordre se dévisageait pesamment. La solution était si proche, et pourtant la clé permettant d'y parvenir semblait s'éloigner de plus en plus.

– Attendez, lança soudainement Delphine après un bref silence. Si c'est Fischer qui a contacté Hennard en premier, il s'est peut-être tout simplement douté qu'il était le coupable ! On vient le voir, on lui parle de Claire et des histoires entre Maxime Hennard et elle. Ni une, ni deux : Fischer fait le lien et comprend que le père d'Hennard l'a sans doute tuée !

– Mais oui, c'est ça, s'exclama impatiemment Esther. Ça expliquerait tout ! En tant que proche de Maxime, Enzo préférerait protéger le meurtrier de celle qui a quasiment causé la mort de son ami, plutôt que de dénoncer le père de celui-ci, qui a fini par se venger !

Des mouvements de tête approbateurs accompagnèrent la déclaration d'Esther, et des murmures enthousiastes commencèrent à se propager dans l'air compact de la salle de réunion. Marc était sans doute le seul agent dont l'expression faciale suggérait encore de la réserve. Peut-être était-ce dû à son expérience à la criminelle, ou simplement à son envie de ne pas considérer des gens de la région aux réputations presque immaculées comme les auteurs d'un crime de ce genre. Bon sang, on parlait d'un meurtre! Prendre la décision d'ôter la vie, voir les paupières de sa victime battre une dernière fois, un ultime souffle soulever sa cage thoracique. C'était impensable. Non, il ne pouvait pas concevoir que des visages familiers se cachent derrière un acte d'une telle inhumanité.

– Mais, finit par marmonner le Broyard, pourquoi la tuer? Juste parce qu'elle revient dans la région? Il se lève un jour et il décide d'aller lui défoncer le crâne? Pourtant cette histoire ne date pas d'hier. Si Frédéric était encore à ce point sous le coup de l'émotion, il l'aurait déjà menacée d'une manière ou d'une autre auparavant.

Une autre technicienne de la police scientifique prit la parole, tout en s'étirant avec une grimace.

– J'ai contrôlé les casiers judiciaires de MM. Hennard et Fischer il y a quelques minutes. Retrait de permis de trois mois pour les deux, respectivement en 1998 et 2007, mais sinon, on dirait bien qu'ils n'ont rien à se reprocher.

François se grattait pensivement la tempe.

– Leurs vies privée et professionnelle peuvent laisser penser qu'ils auraient été perturbés ces derniers temps? Procédure de divorce? Et au niveau du travail de Fischer?

Peut-être que Claire l'a contacté pour une raison ou une autre dans ce cadre et ça a...

– Tu vas trop loin, grommela Marc à l'intention de son coéquipier, les dents serrées. On a déjà contrôlé, Fischer n'a eu aucun contact avec Alderman. Et puis quand bien même... En plus, je suis prêt à parier qu'on se base sur du vent pour ce qui est du mobile. On est en train de tout miser sur des ragots de giron de jeunesse dont on ne connaît même pas l'étendue, la teneur et encore moins la véracité. Nom de Dieu, cette enquête est un vrai foutoir.

Un bref silence s'ensuivit. Marc avala sa salive et finit par se rasseoir lourdement sur sa chaise, quelque peu gêné de s'être emporté de cette façon, qui plus est devant le procureur et l'entièreté de ses collègues.

– Désolée de vous interrompre, bredouilla la technicienne, fébrile. J'ai accès aux infos contenues sur le contrat de travail de Fischer. Il a un numéro professionnel, les factures sont envoyées à la commune de Grandcour et le contrat avec Swisscom n'est pas à son nom, c'est pour ça qu'on l'avait pas vu plus tôt.

– Il a eu contact avec Hennard ou Claire ? Dépêchez-vous de contrôler tout ça, les vérifications vont beaucoup trop lentement, lança Esther avec agacement.

– Je fais au plus vite, répondit froidement son interlocutrice, en jetant un regard noir à la jeune policière par-dessus son écran d'ordinateur.

Delphine adressa une discrète moue à Esther, appelant visiblement à l'apaisement.

– J'ai une correspondance pour Hennard ! s'exclama la technicienne après une trentaine de secondes. Fischer lui a téléphoné neuf fois durant les cinq derniers jours. La plupart des appels font plus de dix minutes.

– Je sais qu'il reste des points d'ombre, soupira Delphine, mais ça fait quand même un certain nombre d'éléments qui vont dans le même sens. Ne laissons pas nos émotions prendre le dessus, on va faire la lumière sur tout ce qui s'est passé. Mais pour ça, ajouta la jeune femme en jetant un long regard à Marc, il faut garder son sang-froid.

Esther, de son côté, malaxait nerveusement ses mains, les yeux écarquillés.

– Qu'est-ce qu'on attend pour aller les choper ? Bordel, s'écria-t-elle, la voix rauque, on est allées chez Hennard il y a quelques heures à peine, il a dû comprendre qu'il était sur le point d'être découvert. S'il n'est pas complètement demeuré, il ne va pas contacter Fischer par téléphone, il va aller le voir ! On peut les prendre sur le fait !

– Madame Notari, s'il vous plaît, implora un jusqu'alors mutique – et visiblement dépassé – Simon Jacquet. La voix teintée de peur de ce dernier fit sourire la partie la moins concentrée de l'équipe présente dans la pièce.

– Non, non ! Je suis désolée, mais je sais que ce que je dis reflète l'état d'esprit général. Y en a marre de vos petites actions de fonctionnaires. On tient les coupables, c'est logique de les appréhender maintenant !

Le procureur, recroquevillé sur sa chaise de bureau, ressemblait à un tapir à qui on aurait retiré ses fougères. Il déglutit bruyamment et regarda autour de lui, visiblement à la recherche d'un inespéré sauveur. Ce dernier arriva miraculeusement en la personne de Cédric qui, entrant dans la salle comme une tornade, se saisit brutalement d'une veste traînant sur le dossier d'une chaise à roulettes.

– On se casse, lança-t-il, les yeux mi-clos.

Le bref blanc qui suivit suffit visiblement à faire reprendre ses esprits au chef d'équipe.

– Euh, je veux dire… On y va. On va les arrêter. Le téléphone de Fischer et celui de Hennard bornent actuellement au même endroit, la coïncidence paraît un peu grosse. Monsieur Jacquet, je vous demande de…

– C'est bon ! Faites-le, arrêtez-les ! Mais je viens dans la même voiture que vous, monsieur Bettex, ajouta-t-il en lançant un rapide mais perceptible coup d'œil apeuré en direction d'Esther.

Grandcour, route de Chevroux, mercredi 14 octobre 2015, 18 h 05

Les derniers rayons de soleil réchauffaient les joues d'Enzo Fischer. Ce dernier demeurait toutefois insensible à la météo et au joli jeu de lumière que celle-ci créait dans son jardin. Il aurait payé cher pour que les pensées parasites qui le torturaient depuis la découverte du corps cessent de le tourmenter. Il avait envie de se mettre à pleurer comme un enfant. Claire méritait-elle de mourir ? Enzo eut aussitôt honte de cette pensée. Non, personne ne mérite de mourir, et cela, il le comprenait un peu plus à chaque fois qu'il pensait aux yeux sans vie de Claire tournés vers lui. Les iris bleus, pourtant si expressifs à la télévision, semblaient alors figés dans le temps, comme verrouillés. Le mouvement leur avait été interdit pour toujours. Enzo sentit un gémissement monter dans sa gorge. Sa cage thoracique se serrait douloureusement à mesure qu'il tentait de résister à la vague de panique qui montait en lui.

– Tu m'écoutes ou quoi ? Fais pas le taguenet. La vie de ma famille ne doit pas être détruite une seconde fois. Ne dis rien qui pourrait te foutre dans la merde, mais nie tout ce qui peut te lier à moi ou à... n'importe qui.

La voix sifflante du père de Maxime ôtait des poumons d'Enzo le peu d'air s'y trouvant encore. Le jeune homme avait l'impression de se décomposer, sa peau le brûlait.

– Si ça dérape sévèrement, je prends toute la responsabilité. Mais ne dis rien tant que ce n'est pas moi qui t'ai dit que j'avouais. Compris, mon garçon ? Ce sera en dernier recours, donc si on te pose des questions, ne te laisse pas embobiner et contente-toi de nier. Ils ne peuvent pas avoir de preuves contre moi, et bien sûr...

Frédéric Hennard s'arrogea une courte pause, visiblement plongé dans une réflexion profonde. Il reprit ensuite la parole, le ton et l'attitude gagnant une teinte paternelle. L'homme posa une main calleuse sur l'épaule du meilleur ami de son défunt fils.

– Écoute, je vais tout faire pour que tu ne sois pas emmerdé. Tu n'as rien à te reprocher, ça s'est passé et c'est comme ça. Tout ce qu'il reste à faire, c'est attendre et...

Hennard n'eut pas le temps de finir sa phrase. Des bruits de freinage puis plusieurs claquements de portière leur parvinrent depuis l'avant de la maison. Le son reconnaissable d'une porte frappée avec vigueur retentit.

– Monsieur Fischer, ouvrez ! Monsieur Hennard, sortez avec lui !

– Je fais le tour, lança une autre voix, féminine cette fois-ci.

Le bruit rapide des pas de la femme contre le sol avait exactement le même rythme que les battements du cœur d'Enzo, qui eut l'impression de défaillir. Esther surgit alors depuis le côté de la maison.

– Ils sont là ! cria la jeune femme en les apercevant. Ils sont là, venez tout de suite !

Elle marcha en direction des deux hommes, tout en sortant sa paire de menottes de la poche intérieure de sa veste d'une main tremblante. Elle se fit la réflexion idiote qu'elle allait devoir choisir lequel menotter en priorité. La Payernoise détailla rapidement le visage de chacun des deux hommes. Hennard avait pâli, Fischer vacillait, le teint verdâtre. Esther ressentit une émotion indescriptible, à mi-chemin entre la pitié et l'effroi. Quelque chose clochait, la policière en eut l'intime conviction. Son trouble ne dura qu'une fraction de seconde, mais réussit à la perturber.

– Venez avec moi, lança-t-elle, la voix blanche. Vous êtes en état d'arrestation.

Alors, comme s'il n'avait attendu que ce signal pour finir de s'effondrer, Enzo se plia en deux et vomit un filet de bile sur les chaussures de Frédéric Hennard.

Commissariat de Payerne, mercredi 14 octobre 2015, 20 h 30

Les interrogatoires s'éternisaient et ne donnaient rien. Pis encore, les alibis des deux hommes semblaient se confirmer alors même que ceux-ci ne cherchaient pas à se défendre. Les mobiles étaient là, les preuves, en revanche, manquaient à l'appel. L'interrogatoire d'Hennard était mené par Cédric et Delphine, celui de Fischer par François et Esther. Le jeune employé communal était plus silencieux qu'un mort. Marc, posté en observateur, se tenait de l'autre côté de la vitre sans tain. François, qui s'était éclipsé cinq minutes plus tôt pour laisser la main à Esther, entra et lui tendit un café encore fumant dont les effluves emplirent bientôt la pièce exiguë. De l'autre côté de la paroi de verre, un Enzo Fischer mutique regardait le sol. Des sanglots à peine taris avaient laissé des sillons rouges sur son visage. À intervalles réguliers, le jeune homme prenait de violentes inspirations, son buste semblant convulser pendant une poignée de secondes. En face de lui, Esther Notari affichait un calme olympien.

– Est-ce que l'alibi que l'on vous attribue est inventé de toutes pièces ? Vous étiez pourtant bien avec vos amis le soir du meurtre, non ?

Enzo ne leva même pas la tête.

– Et vous n'aviez pas connaissance de la mort de Claire Alderman avant que vous ne découvriez le corps ? Ou vous étiez au courant et vous avez fait croire à une découverte fortuite ? En vous couchant sur le corps ? C'est un fantasme ?

Les provocations d'Esther n'eurent aucun effet et le silence s'épaissit davantage. La policière bascula la tête en arrière en soupirant.

– Vous voulez mon hypothèse ? Je pense qu'Hennard vous a embobiné pour une raison x ou y, ce qui fait que vous vous retrouvez maintenant dans de beaux draps.

– Vous ne comprenez pas, finit par souffler Fischer d'une voix agonisante.

– Éclairez ma lanterne…

Le tic-tac de l'horloge de la salle d'interrogatoire était le seul mouvement perceptible. Le petit son qui en résultait commençait d'ailleurs à sérieusement taper sur le système de la Payernoise.

– À quoi vous pensez, Enzo ?

– Je pense à Max, lâcha de but en blanc l'employé communal.

Esther sentit son pouls s'accélérer. Elle avait une ouverture.

– Nous sommes donc bien d'accord pour dire que sa mort a un lien direct avec celle de Claire. Soyons honnêtes, Enzo. Ce n'est un mystère pour personne, et vous le savez.

Faux, fit la petite voix dans la tête de la jeune femme. Le pourcentage d'agents adhérant à cette théorie n'était finalement guère reluisant. L'attitude résignée d'Hennard, son alibi déjà détenu par les policiers sur l'enregistrement vidéo, celui de Fischer que ses amis avaient corroboré au téléphone… Et pourtant, les deux hommes semblaient déterminés à ne rien dire. Fischer sentait la peur à plein nez.

– Oui, lâcha-t-il enfin.

Esther revint à la réalité et se rendit compte que Fischer venait de répondre à sa question. Bordel, il venait d'avouer qu'il était lié directement ou indirectement à la mort d'Alderman. Elle ne laissa rien transparaître et enchaîna rapidement.

– Racontez-moi quelque chose sur lui, n'importe quoi.

– Pourquoi je le ferais et en quoi ça vous avancerait? murmura son interlocuteur en la regardant cette fois-ci droit dans les yeux.

– S'il vous plaît. Enzo, je pense que vous protégez Hennard ou quelqu'un d'autre. Je table sur un ami de Maxime ou alors un frère ou une sœur, mais à vrai dire, cela importe peu. Je veux juste comprendre qui il était. Je ne vous vois même plus comme un coupable potentiel. Ne pensez pas à Hennard, à moi, ni à cette situation merdique. Racontez-moi quelque chose sur Maxime. Expliquez-moi pourquoi c'était un bon gars, expliquez-moi pourquoi il comptait pour vous.

– On est dans une connerie d'émission américaine? s'égosilla soudainement le jeune homme. Vous croyez que je vais vous dire que Maxime était tout ce que j'avais au monde et que quand j'ai appris qu'Hennard avait tué Claire, j'ai décidé de le couvrir? Que je cautionne la mort de cette fille parce que Maxime était mon putain de meilleur ami?

Bande de sales flics, vous ne comprendrez jamais un quart de toute cette histoire, hein ? Ça percute pas, on dirait ?

Enzo se mit à pleurer, des sanglots de rage le faisaient gémir comme un animal blessé. Il ne se reconnaissait plus, et, s'il l'avait pu, il en aurait fini, là, à cet instant précis.

– Ça suffit, soupira froidement Esther. Je vous laisse vous calmer un moment.

La jeune femme attrapa son stylo et son bloc-notes et se dirigea vers la porte. Elle jeta un dernier regard en arrière.

– Je vous assure que je veux juste comprendre.

La porte se referma avec un claquement sourd, et un discret bruit de verrou se fit entendre. Enzo porta ses mains à son visage et hurla.

– Putain ! Merde, merde, merde...

Puis, les bras ballants, il laissa tomber son front sur la table métallique.

Son esprit se mit à voguer, et, comme lorsque l'on feuillette un album photo, s'arrêta sur des images, des événements. Il sourit à travers ses larmes.

– Putain de tournesol, marmonna-t-il.

Sa voix, qui avait à peine réussi à se frayer un chemin dans sa gorge, était sortie si imperceptiblement qu'aucun des spectateurs de sa déchéance n'eut l'ouïe assez fine pour entendre ces trois mots.

Place de fête du giron de Corcelles-près-Payerne, vendredi 3 juillet 2009, 0 h 52

Maxime Hennard écrasa rageusement la cigarette qu'il venait de lâcher sur l'herbe jaunâtre de la place de fête. L'œil las, il fixait Christine Stauffer depuis maintenant une bonne trentaine de secondes. Accoudée à une tonnelle, celle-ci finit par remarquer le manège du jeune homme et le dévisagea d'un air hargneux. Un demi-sourire apparut soudainement au coin de ses lèvres. Avec vivacité, elle détacha sa main droite de son verre de panachée, main qu'elle utilisa pour se saisir de la manche du sweat-shirt d'une de ses amies, postée à sa droite. Cette dernière, une petite rousse, se tourna en direction de la jeune fêtarde avant d'orienter son regard vers Maxime. Les joues de la rouquine se gonflèrent, et un rire perçant s'éleva dans l'air saturé de musique dans lequel baignait la place de fête. Malgré le nombre de décibels, Maxime eut la sensation d'entendre les ricanements aussi clairement que si on les lui avait susurrés au creux de l'oreille et sentit ses yeux se remplir de larmes. Merde, il était sans doute plus mordu que ce qu'il pensait. Son cœur était un traître. Un salaud de traître. Comment était-il censé trouver la fille de ses rêves s'il ne parvenait à s'enticher que des plus tordues du lot? Ou peut-être... Offrir un grand tournesol à Ophélie avait-il été une stratégie trop frontale? Rien ne le prouvait. En revanche, ce qui était sûr, c'est que ce pauvre plant aurait sans doute eu une vie plus heureuse si Maxime l'avait laissé quelques jours de plus se faire caresser par la brise qui traversait le champ où il l'avait trouvé, plutôt que d'avoir précipité son trépas. Réduit en bouillie par les semelles incrustées de terre de la fille à qui il était destiné. Tu parles d'une fin tragique. Le regard désormais sombre, Maxime sortit un petit sachet de sa poche. Le Grandcoti eut l'impression que les petits ronds multicolores qu'il avait sous les yeux tanguaient, conséquence de la ténacité des larmes accumulées dans ses yeux gris. Une main agrippa soudainement son épaule et le força à faire volte-face.

– On bouge de là, magne-toi. Ça sert à rien de rester comme ça, tu te ridiculises.

Enzo Fischer, les lèvres serrées mais le regard compatissant, entraîna son ami d'enfance à une soixantaine de mètres de leur position initiale.

– Appuie-toi un moment contre la palissade, Max. T'as trop bu.

– Toi aussi, fit remarquer son interlocuteur, le ton grinçant.

– Peut-être, mais au moins je ne drague pas la fille pour qui j'en pince en lui balançant un tournesol à la figure.

– Quoi? C'est ce qu'elle a dit cette sal...

Enzo appuya sa paume moite sur la bouche de Maxime et lança un regard inquiet autour de lui.

– Ferme-la, marmotta-t-il. On s'en fout de ce que cette gonzesse peut raconter. Tout le monde va juste retenir que tu lui cours après alors que...

– Mais elle m'a laissé croire que j'avais mes chances, elle m'a donné son numéro et elle avait même sous-entendu qu'on pourrait aller boire un verre à l'occasion ! Et puis elle a dit que j'étais son style, que je lui plaisais !

– Et après, dès que ses copines sont dans les parages, elle te fait passer pour un fou qui la harcèle... Pourquoi tu continues à t'accrocher ? Lâche l'affaire. Tu n'en tireras rien, si ce n'est une réputation de gros lourd, fondée ou non.

Enzo tapota énergiquement les joues de son ami.

– Reprends-toi. Putain, arrête de te comporter comme un labrador qui a perdu son maître.

Le jeune homme baissa les yeux et, la mâchoire soudainement serrée, se saisit avec ire du petit emballage de plastique que Maxime enserrait dans sa main droite.

– Qu'est-ce que tu fous avec ça ? Qui t'a refourgué ça, Max ?

– C'est des skittles.

– Tu te fous de ma gueule ?

Maxime haussa tristement les épaules.

– Peut-être.

Enzo sentit la rage lui serrer la gorge. D'un geste brusque, il renversa le sachet sur le sol et en réduisit le contenu en poussière.

– Me dis pas que c'est de l'ecsta ou quelque chose du genre ? On parle pas de quelques grammes de shit, bordel !

Maxime gardait la tête baissée. Le ton mal assuré, il finit cependant par prendre la parole.

– Je n'en ai pas pris. Un gars a proposé de m'en vendre et j'ai dit oui. J'aurais pu passer pour le type sympa en en donnant à droite et à gauche... Paraît que ça rend les gens plus détendus et que le contact est plus facilement noué. Et puis...

– Nom de Dieu, interrompit Enzo, t'as pas besoin de ça pour te faire des connaissances ou t'attirer la sympathie des gens. Je rêve, t'es vraiment pas possible...

Il serra les lèvres, semblant hésiter entre l'envie de secouer Maxime comme un prunier et celle de le serrer dans ses bras. L'air hagard, ce dernier se contentait de marmonner des paroles inaudibles, la tête dodelinante.

– Je comprends pas un traître mot de ton charabia, crétin.

Le ton doux employé par le jeune cantonnier contrastait avec la virulence de ses propos.

– Je... je... je...

– Je, je quoi? Tu sais pas aligner deux mots, pauv'con, continua Enzo, goguenard, alors que la musique sortant des haut-parleurs se fit de plus en plus forte.

Maxime devint rouge et Enzo sut en le voyant se dandiner d'un pied sur l'autre que son but était atteint: son ami allait enfin être capable de cracher tout ce qui lui pesait sur le cœur.

– Je... oh, ta gueule maintenant! Tu sais très bien ce que je pense! J'en ai marre de passer pour un fou furieux alors que je veux juste être quelqu'un qu'on apprécie. Merde, je suis celui qui paie tous les verres, celui qui reste vers ceux qui sont ivres morts à 22 h, celui qui offre des putains de tournesols et pas des vieilles clopes tordues!

– Eh ouais, tu es quelqu'un de bien, mec! cria Enzo par-dessus les basses vibrantes de *When Love Takes Over.*

Un putain de romantique qui offre des tournesols ! ajouta-t-il en riant.

Maxime, le sourire aux lèvres, rougit légèrement, conséquence d'un mélange de gêne et d'alcool. Les deux amis se regardèrent dans le blanc des yeux et, pris d'un élan de joyeuse folie, collèrent leurs fronts l'un contre l'autre en s'esclaffant.

– Des tournesols, bordel !

– Des tournesols, nom de Dieu !

– Des tournesols !

– Je vous dérange pas, les gars ? s'enquit timidement une voix féminine aux accents rieurs.

Enzo se retourna et son regard s'arrêta sur le sourire désarmant de la jeune femme qui lui faisait face.

Commissariat de Payerne, mercredi 14 octobre 2015, 21 h 15

Il fallait bien l'avouer, Simon Jacquet avait retrouvé un peu de sa superbe. Le petit homme fulminait, et son expression impériale, en contraste frappant avec l'attitude effrayée qu'il arborait quelques heures auparavant, avait réduit le poste au silence. Le discret couinement d'un fauteuil à roulettes finit par rompre l'étouffant silence.

– Messieurs Fischer et Hennard sont innocents ? Puis coupables ? Puis, logiquement, de nouveau innocents ? Monsieur Bettex, je m'attendais à quelque chose d'un peu plus solide...

– On s'est précipités, monsieur. Je le reconnais. Mais vous admettrez que...

– Oh, non ! Je n'admettrai rien ! Non mais, c'est un western ici ? Les médias vont nous lyncher ! Je pensais que vos preuves étaient plus tangibles que ça, ces deux types ne sont clairement pas...

– Impliqués ? fit Esther, d'une voix posée. Ils le sont. Ils ne veulent juste pas l'avouer, en tout cas pour ce qui est de Frédéric Hennard.

– Il n'a rien dit, soupira Delphine. J'ai même mentionné l'appel spontané de sa femme confirmant son alibi, rien n'y a fait. Il reste aussi muet quand je parle de notre visite du 13 et de la voiture. Ce qui est curieux, c'est qu'il n'avoue pas mais ne cherche pas à se défendre non plus. Il attend peut-être de savoir ce que Fischer nous dit, sans doute pour éviter de s'empêtrer dans des mensonges.

– Et pour ce qui est de celui-là, d'ailleurs ? marmonna Simon Jacquet, dont le teint et la voix avaient repris leur apparence habituelle, respectivement rougeaud et mal assurée.

– Ce qui est sûr, c'est que son alibi est plus solide que du béton armé. Tout va dans la même direction, la localisation de son téléphone, le témoignage de ses amis...

– Fischer est paumé, selon moi, fit l'un des policiers. Il s'est retrouvé embarqué dans cette affaire sans le vouloir, j'imagine. Hennard lui met peut-être la pression, il a dû découvrir quelque chose qui l'incrimine.

– Reprenons, fit Cédric, le ton calme. Hennard et Fischer ont beaucoup échangé au téléphone ces derniers jours, alors même qu'ils n'avaient aucun contact régulier, voire aucun contact tout court, ces derniers mois.

– On devrait se baser sur la chronologie de l'enquête et des infos qui ont fuité auprès du grand public, lança Esther.

Cédric aperçut une lueur dans les yeux plissés de la jeune femme. Une ombre de sourire se mit à flotter sur ses lèvres. Sa protégée reprenait goût au métier à vue d'œil. Le chef d'équipe revint rapidement à la réalité en sentant les regards interrogateurs de ses subordonnés peser sur lui. Il se racla maladroitement la gorge.

– Commençons par le plus logique. De quand date leur premier échange?

– Le 11 à 23h15, répondit l'une des techniciennes en consultant son écran.

– C'est le jour où la nouvelle de la mort de Claire est parue dans la presse, fit remarquer Esther. Mais ça n'a aucun sens parce que Fischer savait déjà qu'elle était morte, c'est lui qui l'a trouvée! Combien de temps fait l'appel?

– Moins de deux minutes. Nonante-six secondes pour être précise.

– Et leur second contact téléphonique? Durée similaire?

– Le 13 à 10h37, et cette fois-ci l'appel dure une bonne vingtaine de minutes.

Cette déclaration fut lentement assimilée par les policiers. Cédric prit une grande inspiration.

– Très bien, prenons le 11. Il est possible que...

– Quelque chose le perturbe ce jour-là, avança soudainement Delphine, qui faisait nerveusement cliqueter son stylo depuis le coup de sang de Simon Jacquet. Un détail dans un des articles le fait douter. Lui suggère quelque chose. Ça le travaille et, peu avant minuit, il décide d'en avoir le cœur net.

En temps normal, l'effectif du poste aurait émis des doutes ou tenté de contrecarrer les suppositions de Delphine. Mais, à cet instant précis, chacun semblait pendu à ses lèvres.

– Il téléphone à Hennard mais ce dernier le rembarre, ou alors ne voit pas de quoi il veut parler. Ce point dépend bien sûr de l'implication ou non de Hennard.

– Quoi qu'il en soit, compte tenu de la durée de l'appel, rien de concret n'en ressort, compléta Esther en hochant légèrement la tête.

– C'est ce que je pense, acquiesça la Lausannoise. En revanche, continua-t-elle, le 13, Fischer panique pour de bon.

– Ça ferait sens, grommela Marc. C'est le jour où on est passés chez lui, et on est repartis à 10 h 30.

– Exactement ! L'heure de l'appel concorde avec notre départ, ce n'est pas une coïncidence.

– Il s'est senti en danger, il a dû penser qu'il était un suspect, dit fièrement Sandra en adressant un haussement de sourcil entendu à qui voulait bien croiser son regard.

– Je pense plutôt qu'il a compris quelque chose quand vous êtes allés chez lui, Marc et toi, fit prudemment François en regardant Marc d'un air inquiet, craignant les foudres de son collègue et ami. Malgré lui, il devait déjà avoir Hennard dans un coin de sa tête depuis l'annonce de la mort d'Alderman, et comme vous êtes venus lui parler de Maxime, ça l'a conforté dans cette idée. Sauf qu'il a sans doute collaboré avec lui par la suite au lieu de le dénoncer, d'où l'histoire de la voiture le soir même. Hennard l'avait peut-être abandonnée dans un endroit discret du bois de Chesard après avoir laissé le corps. Il connaît bien le coin et a très bien pu rentrer discrètement à pied après, Ressudens est à dix minutes à peine si on marche d'un bon pas. Il indique à Fischer le coin exact et lui demande de se charger de la ramener.

– Conneries, lâcha Marc entre ses dents. Il n'aurait pas impliqué Enzo. Je ne connais pas très bien Hennard, mais je sais que ce n'est pas le genre à demander de l'aide ou à mêler les gens à ses problèmes, la preuve avec la mort de Maxime.

– En plus, Fischer repart avec la voiture après que celle-ci a été réparée, fit remarquer Esther. Avant de déterminer précisément lequel est le plus impliqué, je pense qu'on devrait se demander à qui appartient cette voiture.

– C'est quel modèle ? On voit au moins ça sur les images ? Vous êtes vraiment sûrs que la plaque d'immatriculation n'est pas identifiable ?

La technicienne de la police scientifique, irritée par le ton avec lequel on l'avait pressée de questions, jeta un regard courroucé à Marc. Elle interrompit un énième étirement et, tout en soupirant, se mit à taper sur son clavier. Au bout de quelques secondes, elle attrapa un câble et brancha son ordinateur au projecteur de la salle de réunion. Les images pixélisées de l'enregistrement vidéo apparurent sur l'écran.

– Comme vous le voyez tous, la plaque est illisible parce que l'angle n'est pas bon, commença la policière.

Elle entreprit ensuite d'avancer légèrement l'enregistrement, puis zooma au moment du départ de Fischer.

– Juste après, reprit-elle, on pourrait avoir un meilleur point de vue sur la plaque quand il reprend le volant, mais l'image reste trop granuleuse, et l'accélération du véhicule n'arrange rien. Les logiciels qu'on a sur nos ordinateurs portables n'étant pas assez puissants, les images ont été envoyées dans nos bureaux principaux et une équipe essaye en ce moment même de les rendre exploitables, ajouta-t-elle, anticipant la diatribe de Marc.

– Malgré ce problème de plaque, on peut sans doute identifier le modèle... je ne m'y connais pas trop en voiture je dirais une Citroën ? ajouta le collègue de la jeune femme.

– Une Mazda, la 6 je pense, corrigea Marc, qui arborait un petit sourire satisfait depuis que les images étaient apparues sur la toile de projection. Je peux vous assurer qu'Hennard n'a que des Renault, son garage travaillait uniquement avec cette marque et il ne jure que par ça. Il avait même tendance à se brouiller avec certains de ses amis qui achetaient une autre marque, c'est carrément un *running gag* à Grandcour.

– Bon, qu'est-ce que tu proposes, Marc ? questionna François, l'air agacé. On a tous bien compris que tu ne voulais pas qu'un de nos deux gugusses soit le coupable, mais il n'empêche qu'une femme est morte et qu'elle et sa famille méritent que justice soit faite, bon sang !

Marc garda le silence et se rembrunit légèrement, prenant conscience de son manque de professionnalisme des dernières heures et regrettant d'avoir déçu son partenaire, qui était avant tout un vieil ami. Delphine vint finalement à son secours.

– Et si on se concentrait sur l'hypothèse qui apparaît désormais comme la plus probable ? En attendant d'être en mesure de confirmer l'alibi de M. Hennard, on peut partir du principe qu'ils protègent tous les deux quelqu'un.

– Cherchons une connaissance en commun, alors, suggéra Cédric. Du côté de la famille de Frédéric Hennard, ou alors peut-être un autre ami de Fischer ? Ou une amie, d'ailleurs. Selon ce que je…

Le téléphone du chef d'équipe se mit à sonner à plein volume. Il blêmit en apercevant le numéro affiché sur l'écran, s'excusa d'un vague geste de la main et sortit précipitamment de la pièce. Esther profita du départ de Cédric pour se diriger vers la pièce dans laquelle se trouvait Enzo. Simon

Jacquet leva vers elle des yeux interdits et leva à moitié le bras, dans une piteuse tentative d'empêcher la Payernoise de retourner questionner leur suspect, censé être laissé mariner. Delphine aurait voulu lui emboîter le pas, mais finit par se résoudre à rester auprès de l'équipe.

– Je propose qu'on se renseigne sur l'identité des gens qui possèdent des Mazda dans la région de Grandcour, Ressudens et Missy. Un des noms fera peut-être tilt.

François hocha la tête et se pencha vers l'écran d'ordinateur du second technicien, déjà affairé sur une nouvelle base de données. Marc croisa le regard de Delphine, l'air toujours un peu peiné. Il laissa son regard voguer en direction de la salle d'interrogatoire puis retourner sur Delphine. Il répéta son petit manège quelques fois. La policière comprit le message et adressa un sourire reconnaissant à son collègue, comprenant que ce dernier tentait de lui renvoyer l'ascenseur. La jeune femme prit une grande inspiration, consciente que les réponses à toutes leurs questions se trouvaient dans le petit espace confiné vers lequel elle se dirigeait. Elle referma la porte de la salle sur elle et le brouhaha du poste s'amenuisa pour ne laisser place qu'au silence. Delphine verrouilla la porte et se retourna. Elle vit le visage grave d'Esther, les yeux rougis d'Enzo. Ce dernier, la voix cassée, murmurait si faiblement que la jeune femme dut s'approcher pour saisir la teneur de l'échange.

– Je n'ai rien à vous dire, je veux voir un avocat, fit Fischer dans un filet de voix.

– Je suis prête à parier que vous avez réfléchi à ce que je vous ai dit tout à l'heure, monsieur Fischer, rétorqua Esther, tout en enjoignant à Delphine de prendre place d'un discret signe de la tête. Vous ne voulez toujours pas me parler de votre ami?

Le regard vide, Fischer fixait le sol.

– Ni de Frédéric Hennard, je suppose?

Esther s'appuya sur le dossier de sa chaise et décroisa ses bras. Elle laissa lourdement tomber son poignet, et le petit bracelet doré qui l'entourait émit un grincement métallique strident au contact de la table en inox. Le tintamarre occasionné eut pour effet de faire sursauter Fischer, qui redressa brusquement le haut de son corps. Esther planta ses yeux dans ceux d'Enzo et prit la parole en lui adressant une moue désolée.

– Alors, pourquoi ne pas me parler d'elle?

Le jeune homme fut parcouru d'un tremblement, et Delphine, stupéfaite, constata que ce dernier avait viré au blanc ivoire. Leur suspect, dont le regard avait semblé éteint depuis le début de la deuxième entrevue, arborait maintenant une expression de pure terreur.

Delphine comprit qu'Esther bluffait. Une telle stratégie, utilisée uniquement en dernier recours, n'avait en temps normal aucun débouché positif pour l'enquête. Un coup de poker, en somme. Pas idiot: les éléments qui devaient encore être confirmés ou transmis au poste permettraient sans doute d'arrêter le vrai coupable. Esther voulait simplement entendre la vérité de la bouche d'Enzo. Sa collègue avait donc tablé sur une «elle». Curieux, Delphine aurait fait le contraire. En y réfléchissant bien, la Lausannoise commençait petit à petit à comprendre les raisons d'un tel choix. L'attitude des deux suspects pointait définitivement plus vers une volonté masculine de protéger une femme, quelque chose dans le ton, le regard, tout suggérait une envie d'agir en défenseur. Une figure protectrice paternelle pour Hennard, toujours stoïque et de marbre, quelque chose de plus intime et sentimental pour Fischer, la preuve résidant dans son attitude, lui qui manquait défaillir à chaque instant depuis son arrivée au poste. Une telle fébrilité serait-elle de mise pour protéger un simple copain ? Delphine se fit la réflexion qu'Esther était vraiment la plus maligne du lot. Elle avait su lire entre les lignes, comme l'aurait fait un très bon *profiler*. Assez ironique, si on prend en compte son comportement d'asociale du début de l'enquête, ne put s'empêcher de penser la jolie blonde. Le son rauque que fit Fischer en déglutissant ramena l'attention de Delphine sur le jeune homme. Le silence qu'Esther avait laissé s'instaurer avait duré une éternité. La policière finit par reprendre la parole.

– Pourquoi voulez-vous la protéger ? Juste à cause de son lien avec Maxime ? C'est tout ?

Enzo, la mâchoire serrée, était visiblement de plus en plus irrité par les propos de la policière. Bien sûr, cette dernière savait pertinemment que cette affaire ne se résumait pas à un pauvre « c'est tout ». Mais il fallait bien jouer sur la corde émotionnelle déjà bien usée de l'employé communal. Esther en rajouta une couche.

– Je ne pense pas qu'elle mérite que vous gâchiez votre vie pour elle. Pourquoi conduisiez-vous sa voiture, le 13 ? Monsieur Fischer, ces faits sont très graves, vous vous êtes rendu complice...

– Son oncle n'est pas capable de la soutenir moralement, interrompit Fischer, le regard noir. Je n'ai pas aidé Frédéric, je l'ai aidée elle.

– Un oncle... hoqueta soudainement Delphine en plaçant sa main devant la bouche. Garance... Garance Dupraz !

Esther lui lança un regard noir qui eut pour effet de la faire taire. Sa collègue avait encore du travail à faire sur la dissimulation d'émotions, c'était une certitude. Puis la Payernoise prit véritablement conscience de ce que Delphine venait de dire. Durant une minuscule seconde, elle fixa sa partenaire d'un air ahuri. Son expression interdite disparut aussi vite qu'elle était apparue, et son masque inexpressif reprit la main.

– Vous êtes amoureux de… de Garance, non ?

Esther fut surprise d'entendre sa propre voix. Légèrement chevrotante, mal assurée. Cela ne lui ressemblait pas. Sa question, elle aussi, était imprécise et plutôt maladroitement formulée. Voilà qui tranchait avec sa précision chirurgicale habituelle. Delphine, de son côté, écrivait fiévreusement quelque chose sur son petit calepin. Elle déchira la page et la fit glisser sur la cuisse d'Esther. « *Garance Dupraz = oncle habite à Ressudens = Hennard = Renault Clio scène de crime !!* » Pendant que sa collègue intégrait ces éléments, Delphine s'adressa à leur suspect.

– Vous pouvez être honnête avec nous, Enzo. Nous connaissons Garance, elle n'a sans doute pas… tué Claire de sang-froid. Vos sentiments pour elle ont joué en votre défaveur.

Le jeune homme ressemblait à une coquille vide. La tête dodelinante, il se décida à être honnête.

– Vous ne comprenez pas, lâcha-t-il, la voix faible. J'avais le béguin pour elle, c'est vrai. Mais ce qui a joué, comme vous le dites, c'est qu'elle a été la seule, avec moi forcément, à soutenir Max jusqu'au bout. On partage le même sentiment de culpabilité parce qu'en 2011, on a définitivement échoué à le ramener parmi nous.

Enzo prit une inspiration hachée et son visage fut déformé par un rictus de douleur. Delphine en profita pour donner un coup de coude à sa partenaire et fit glisser son calepin vers elle. «Maxime suicide 2011 = membre famille Garance en fin de vie 2011 ?»

Esther ne jeta pas un œil sur le griffonnage de sa collègue. Elle comprenait tout, maintenant. La Payernoise se leva d'un bond. Trois objectifs apparaissaient désormais clairement dans sa tête. Sortir de cette pièce, prendre de bonnes bouffées d'air, prévenir Cédric.

– Delphine, reste avec lui. Tu sauras mieux que moi quoi lui dire compte tenu de la… situation, ajouta Esther après un bref silence.

Delphine comprit que sa collègue ne voulait pas entendre parler plus longtemps de mort et de regrets, ni de l'année 2011. Alors qu'Esther s'éclipsait, Delphine s'adressa à Enzo Fischer.

– Garance comptait logiquement beaucoup pour vous. Votre lien était profond, Enzo. Je le comprends.

Le Grandcoti leva des yeux dénués d'émotion vers la policière. Il se fit la réflexion que malgré tout, personne ne pourrait jamais comprendre qui était vraiment Maxime. Personne sauf Garance.

Place de fête du giron de Corcelles-près-Payerne, vendredi 3 juillet 2009, 1 h 03

Garance Dupraz avait les cheveux relevés en queue-de-cheval. Elle portait un appareil photo Canon autour du cou et fixait son cousin en souriant. Son regard dériva vers Enzo. Elle ne le connaissait pas vraiment, il était plus âgé et un peu intimidant. Celui-ci la fixait, un air indescriptible sur le visage. Le sourire de la jeune Fribourgeoise trembla un peu, mais elle parvint à maintenir son assurance, chose assez rare pour être signalée.

– Garance ! Ma cousine préférée ! Comment ça va ?

Enzo, s'il avait été moins occupé à détailler chacun des traits du visage de Garance, se serait sans doute rendu compte que l'attitude de Maxime avait changé du tout au tout. Solaire et rieur, il ne laissait dorénavant plus rien transparaître. Pourtant, Garance dut sentir quelque chose.

– Tu es sûr que ça va ? Tu as l'air… fatigué.

Enzo pouffa légèrement devant cet euphémisme. Ivre aurait été le terme correct.

– Il a un peu trop bu, déclara joyeusement Enzo en passant le bras autour du cou de son compère.

Garance rougit et rit nerveusement.

– Toi aussi, on dirait.

Enzo sentit une vague de chaleur monter dans ses joues. L'impression que Garance lui faisait avec ces simples mots l'étonnait.

– Enzo, je… tu es certain que Max va bien ? Je le connais, on dirait qu'il est pas au top de sa forme.

– Je suis juste là, sale peste, rit Maxime. Je vais très bien, on ne peut mieux, même ! Maintenant, retourne faire tes photos et profites-en pour te mettre une murge !

Garance baissa les yeux, et Maxime sentit une pointe de culpabilité surgir au fond de son cœur.

– Je plaisante, bobette. Si tu ne veux pas boire, tu ne bois pas. Si quelqu'un d'autre que moi se permet de te mettre la pression, tu m'appelles et je viens lui faire la morale, se rengorgea-t-il en agitant fièrement son Sony Ericsson flambant neuf.

Enzo, de son côté, répétait les quelques mots qu'il souhaitait adresser à la jeune femme. « Oh, en parlant de téléphone, ce serait mieux que j'aie ton numéro Garance. Je me suis dit que ça pouvait être une bonne idée. Tu sais, au cas où tu veux rentrer, je peux te trouver un chauffeur qui n'a pas bu. » Non, trop long, trop… bizarre. « Garance, tu me plais. Je pourrais avoir ton numéro ? » Ridicule, en face de Maxime, en plus ? « D'ailleurs, enregistre mon numéro, Garance. Au cas où, on sait jamais. » Maladroit, mais pas si mal.

– Garance, enregistre mon…

Enzo n'eut pas l'occasion de poursuivre son petit discours, car une blonde longiligne marchait vers eux à grandes enjambées.

– Garance !! Je t'ai cherchée partout. Viens vers la tonnelle principale, allez ! Tu manques à tout le monde. Il faut que je te présente Florian, il te trouve trop mimi.

Alors que Claire Alderman emmenait précipitamment Garance en la tirant par la main, elle s'arrêta brusquement.

– Tiens, fais une photo de la place de fête depuis ce point de vue, je pense que ce serait joli.

– Tu as raison, rétorqua Garance en souriant faiblement.

Alors que Garance rapprochait le viseur de son appareil photo de son œil, Claire se retourna et fixa Maxime d'un air mauvais. Un rictus moqueur se dessina sur ses lèvres, bientôt remplacé par un éblouissant sourire au moment où Garance se retourna vers elle.

– Départ, Garance ! Ce soir, je vais te faire goûter tous les shots qu'on peut trouver dans ce giron, s'esclaffa-t-elle.

Commissariat de Payerne, mercredi 14 octobre 2015, 21 h 50

Esther déambulait dans les couloirs du commissariat comme une somnambule. Elle cherchait vainement Cédric depuis quelques minutes, et personne n'avait su la renseigner à son sujet. Elle voulait à tout prix que son chef d'équipe soit le premier à qui elle révélerait l'identité du coupable. En désespoir de cause, la Payernoise se dirigea vers la salle principale. Elle eut à peine le temps de s'asseoir sur un siège vacant que, soudainement, la porte de la pièce s'ouvrit à la volée. Cédric, qui agitait son téléphone comme s'il s'agissait d'une grenade sur le point d'exploser, jaillit dans la pièce tel un diable sorti de sa boîte.

– OK, tout le monde ! J'ai une nouvelle de la plus haute importance. La voiture n'appartient ni à Enzo Fischer ni à Frédéric Hennard. On a la confirmation de Lausanne à cent pour cent.

– Sous quel nom est-elle enregistrée, alors ? interrompit Marc, incapable de patienter plus longtemps.

– On ne le sait pas encore, lâcha Cédric. On devrait avoir l'info d'ici une heure ou deux. Continuons à passer en revue la liste des propriétaires de Mazda de la région. Faites un document qui les regroupe et...

– Non. Inutile. Delphine et moi avons parlé à Enzo Fischer.

– Esther, vous n'aviez pas le droit de retourner lui parler, c'est contraire à notre stratégie. Et puis ne m'interromps pas, s'il te plaît, je pense bien que tes éléments sont intéressants, mais...

– C'est Dupraz. Son oncle est Frédéric Hennard, Enzo a admis le lien qui existait entre les trois.

Le technicien de la police scientifique prit la parole.

– Vous permettez que je fasse une recherche ? Dupraz, vous avez dit ? Je viens de trouver une correspondance sous ce nom. Plusieurs appels ces derniers jours.

– Attendez, attendez. Esther, tu dis que c'est Dupraz ? Et vous, là, des contacts d'accord, mais avec lequel des suspects ? s'écria Cédric, en laissant tomber sa main sur sa cuisse, l'air atterré.

– Les... les deux, bredouilla le technicien, les yeux rivés sur son écran. Mais, monsieur Bettex, ce Dupraz a un lien avec la victime ?

– Cette Dupraz, corrigea Cédric. Garance Dupraz. Vous êtes sûr qu'elle a eu des contacts téléphoniques avec Hennard et Fischer ?

– Beaucoup avec Hennard, et ça a commencé le 7 octobre au soir. Ensuite, Fischer l'a contactée quelques minutes après avoir parlé avec Hennard, mais pas depuis son téléphone professionnel cette fois-ci.

– Premier contact avec Hennard le soir de la mort d'Alderman, donc, balbutia Marc. On n'a pas vu ça, quand on a passé en revue ses appels. Forcément, on s'est concentrés sur le fait qu'elle a essayé de téléphoner à Claire et lui a envoyé des messages durant l'intervalle entre sa mort et la découverte du corps. Et son téléphone était resté chez elle, on l'avait vérifié ! Ça veut dire qu'elle s'est foutue de nous, non ? Mais j'y crois pas, elle a tué Claire ? Elle ? Pourquoi est-ce qu'elle aurait assassiné son amie d'enfance ? Je veux dire, tous leurs échanges de textos étaient chaleureux, elles étaient...

À l'instar de Marc, une profonde incompréhension taraudait certains des policiers. Mais pourquoi Dupraz était-elle impliquée ? À la manière d'un écolier, un autre des policiers attablés leva le doigt en regardant Cédric. Ce dernier, l'air complètement perdu, lui fit signe de parler.

– J'ai recherché « Dupraz » et « Hennard » sur Internet. Frédéric et Garance figurent tous deux sur l'avis mortuaire de Maxime Hennard. Garance Dupraz est la fille de la sœur de Frédéric Hennard, qui a épousé un certain Benjamin Dupraz.

– Je veux bien, mais quelque chose cloche, marmonna tout à coup Cédric en se frappant le front du plat de la main. La voiture qu'on a vue... Je veux dire, à la levée du corps ! Garance est arrivée dans une bagnole qui ne correspond pas du tout à celle qu'on a aperçue sur les images de la vidéosurveillance. Ça n'a aucun sens. Elle est peut-être victime d'une machination, est-ce qu'on est bien sûrs que Fischer ou Hennard ne veulent pas se dédouaner...

– Cédric, pense à la levée du corps, souffla Esther. Elle est arrivée dans une Renault Clio. Son oncle a dû lui en prêter une d'occasion quand elle l'a appelé le soir de la mort d'Alderman.

Un silence pesant s'installa, finalement rompu par Cédric après une quinzaine de secondes qui parurent interminables.

– Garance Dupraz. Le voilà, notre dénominateur commun, fit-il, la voix éteinte. Eh ben, merde alors.

Sans véritablement s'en rendre compte, le chef d'enquête venait de traduire avec la plus grande précision l'état d'esprit général des enquêteurs réunis dans la pièce.

Commissariat de Payerne, mercredi 14 octobre 2015, 22 h 05

Garance Dupraz hoquetait, les yeux rougis par des pleurs qui ne dataient visiblement pas de l'arrivée des policiers chez elle. La culpabilité semblait particulièrement vive, les policiers n'avaient même pas eu à annoncer la raison de leur visite : Garance avait presque sauté sur Delphine et Esther en reconnaissant être responsable de la mort de Claire Alderman. Depuis, la Fribourgeoise n'avait fait que sangloter. La journaliste murmurait des « pardon ! » presque inaudibles.

– Madame Dupraz, racontez-nous toute la vérité, s'il vous plaît, commença Cédric avec froideur. MM. Hennard et Fischer sont également en train de se faire interroger, je vous suggère donc de ne pas nous cacher le moindre élément. Si nous relevons des incohérences dans votre version confrontée aux deux autres, sachez que vous risquez de perdre toute clémence potentielle de la part du juge. Collaborez, c'est ce qu'il y a de mieux à faire. Nous avons déjà perdu assez de temps ainsi.

Garance hocha vigoureusement la tête, les yeux arrimés au sol. Esther restait silencieuse. Assise en face de la coupable, elle se surprit à penser au comportement qu'adopterait Delphine dans la même situation. Sa collègue était restée aux côtés d'Enzo Fischer, et les deux policières comptaient assister à la seconde audition de Frédéric Hennard ensemble.

– Parlez-moi de l'implication de votre oncle, Frédéric Hennard, et de celle de l'ami de votre cousin, Enzo Fischer. Étaient-ils présents le soir de la mort de Claire Alderman ?

Tout en tentant de se redonner une contenance, Garance Dupraz s'éclaircit péniblement la voix, visiblement mue par la volonté d'épargner au maximum ses deux complices présumés.

– Non, non. J'ai téléphoné à mon oncle quelques heures… après. J'ai envoyé un premier message à Claire, et lui, je l'ai contacté dans l'heure qui a suivi. Je n'osais pas me dénoncer à la police, alors j'ai voulu lui demander conseil. Ou tout du moins avouer ce que j'avais fait.

– Il a bien sûr voulu vous dissuader de vous rendre ?

Malgré l'absence de réponse de Garance Dupraz, les lèvres tremblantes de cette dernière la trahirent. Ne parvenant pas à nier l'évidence, elle se réfugia une fois de plus dans le silence.

Esther regarda son supérieur. Cédric toisait Garance Dupraz sans laisser transparaître la moindre émotion, pourtant, l'inspectrice en était persuadée, son chef avait pitié de la Fribourgeoise. Même si cela restait à prouver, la mort de Claire ne semblait pas préméditée.

– Et pour ce qui est d'Enzo Fischer ? Est-il entré dans la danse en même temps que votre oncle ?

– Non, non ! Il a tout compris quand vous lui avez rendu visite. Comme il savait que j'avais recommencé à côtoyer Claire dans les jours précédant sa mort, il s'est douté de ce qui avait pu se passer. Il voulait en avoir le cœur net, alors, d'après ce qu'ils ont bien voulu me dire, il a téléphoné plusieurs fois à mon oncle qui a fini par tout lui avouer. Il savait que, comme il avait été ami avec Maxime, il ne nous dénoncerait pas. Ensuite, il m'a appelée. Il voulait juste me demander si ça allait et si j'avais besoin…

– D'aide ? On ne parle pas d'un accident de skateboard ou d'une collision sur la route, madame Dupraz, mais bien d'un meurtre.

– Je, je… je sais bien ! Mais… mais il voulait simplement arranger la situation. Je lui ai parlé du phare, ce… c'est d'ailleurs Claire qui m'avait avertie de ce détail quelques heures avant notre altercation… Et Enzo a décrété que cela pourrait constituer une preuve. Mais il n'a appris mon implication qu'après votre visite, et cela n'a rien changé au fait qu'il ne souhaitait pas du tout la mort de Claire !

– Je l'entends, mais il n'empêche que, dans sa liste de priorités, le fait de se rendre coupable de complicité se situait plus haut que vous dénoncer, fit Cédric. Pourquoi vous être vengée aussi longtemps après la mort de votre cousin ? renchérit-il immédiatement.

– Je vous le dis, ce n'était pas prémédité. Je vous le jure. C'était… c'était un accident, un horrible accident !

– Pourtant, vous saviez que Claire avait participé à la propagation des calomnies.

– Non ! s'écria Garance, la voix de nouveau déchirée par de profonds sanglots. Je ne le savais pas, je n'en avais pas la moindre idée.

– Est-ce que l'un des deux hommes dont il est question a caché le corps ? Ou vous a assistée au moment de vous débarrasser du corps ? Aviez-vous discuté avant le décès de Claire de la possibilité de la tuer ? Même quelques heures ou minutes auparavant, il s'agit tout de même de préméditation, madame Dupraz.

Le teint de celle-ci vira au vert. Des gouttes de sueur perlaient sur son front, et des tremblements la parcouraient.

– Enzo et mon oncle n'ont pas participé, ils n'ont rien fait ! Leur seul tort est d'être au courant de la situation, je vous en supplie, je vous en supplie, je ne veux pas qu'ils aient des problèmes à cause de mon impardonnable erreur. J'aurais dû immédiatement me dénoncer, je le sais et je regrette pleinement de ne pas l'avoir fait. Je n'en dormais plus la nuit, je me réveillais et je vomissais, c'était atroce. J'avais prévu de me rendre, je...

– Entre prévoir et venir au poste, l'écart est monumental, madame Dupraz. Je ne suis pas convaincu par votre version des faits, essayer de dédouaner vos complices ne va pas...

– Je ne voulais pas tuer Claire, c'était un accident ! Je... je suis vraiment désolée. Vraiment, vraiment désolée, à un point que vous ne pouvez pas imaginer. Chaque détail de cette nuit va me hanter jusqu'à ma mort, et je ne veux pas que d'autres aient à porter un fardeau qui n'incombe qu'à moi.

– Madame Dupraz, il n'est pas question de vos envies ou de vos besoins. Quant à vos excuses, réservez-les aux parents et aux amis de Claire. Vous lui avez ôté la vie !

Esther saisit Cédric par le bras et lui adressa un regard glacial. Garance Dupraz était de toute évidence une personne affaiblie et rongée par les remords, la stratégie d'interrogatoire de son chef était donc totalement contre-productive. Le manque de sommeil ainsi que la pression constante sous laquelle le quadragénaire était placé avaient sans doute altéré son jugement.

– Garance, fit Esther avec douceur. S'il vous plaît, je ne vais vous demander qu'une chose. Racontez-moi précisément ce qu'il s'est passé mercredi dernier, en n'omettant aucun détail. Je sais que c'est pénible et que vous souffrez terriblement, mais vous pouvez y arriver.

– Je ne pense pas que j'en aurai la force.

La voix étouffée par un sanglot, la Fribourgoise sentait sa vue se troubler et son pouls accélérer. Les sons qui parvenaient à ses oreilles se faisaient de plus en plus cotonneux. La chaleur d'une main envahit soudainement son avant-bras.

– Vous vous êtes rendues à l'EMS de Vallon le mercredi après-midi, c'est ça ? questionna doucement Esther. Vous pouvez commencer à ce moment, par exemple.

Garance résista à l'envie pressante d'agripper la main d'Esther. La journaliste savait qu'elle était maintenant passée du statut de victime à celui de coupable. Après avoir réussi à prendre une profonde inspiration, la jeune femme commença à narrer les événements du mercredi 7 octobre.

Vallon, EMS des Jonquilles, mercredi 7 octobre 2015, 16 h 20

– Disparaissez de ma vue, espèce de fouille-merde ! Cette histoire est bouclée, pourquoi vous avez besoin de venir m'emmerder ? Parasite !

– Oh, monsieur Guillod, votre gentillesse vous honore.

Claire Alderman, un sourire moqueur scotché sur les lèvres, n'était absolument pas impressionnée par les envolées lyriques de son interlocuteur. Ce dernier la noyait sous les insultes depuis maintenant trois bonnes minutes. Les personnes qui se croyaient supérieures à elle de par leur âge ou leur statut social, elle connaissait. Frédéric Guillod n'était ni le premier ni le dernier. D'ailleurs, il ne serait pas non plus le premier à tomber de son piédestal. Claire savait déjà que ce n'était qu'une question de temps : elle mettrait toutes les pièces du puzzle bout à bout et rétablirait la vérité.

– Je finirai par savoir tout ce que vous me cachez, inutile de jouer au plus fin avec moi.

– Maintenant ça suffit, cassez-vous ! Sinon je vous jure que j'arrêterai de prendre des pincettes avec vous, la journaleuse.

La Genevoise d'adoption tourna les talons en pouffant discrètement. Si être une « journaleuse » équivalait à pouvoir débusquer des types pareils, elle acceptait le titre avec grand plaisir.

Elle aperçut le regard inquiet de Garance derrière le volant. Claire, au contraire, sentait une bonne humeur presque jouissive l'envahir. Elle rentra dans la voiture en sifflotant légèrement.

– Adieu ma collègue journaleuse ! Ça joue ?

– Claire, ça va ? Tu l'as bien énervé, pas trop secouée ? Qu'est-ce qu'il t'a dit ?

– Rien que je n'aie jamais entendu. Mais bon, j'ai laissé mon numéro à une infirmière, elle pourrait nous être utile.

– Tu penses qu'elle est au courant de quelque chose ?

– On verra. On a bien bossé malgré les circonstances. Je sens qu'on tient un sacré sujet.

– Tu penses vraiment qu'Ida Orlova est innocente ?

– Je suis prête à le parier, oui. Guillod est beaucoup trop nerveux pour un gars qui n'a rien à se reprocher et l'omerta qui règne parmi les employés laisse clairement transparaître que quelque chose n'est pas net. Quoi qu'il en soit, je suis très confiante.

– Quand je pense que c'est moi qui ai couvert l'affaire pour *La Liberté*. Je te jure que j'étais à mille lieues de me douter que...

– T'en fais pas, tout était contre elle, soupira Claire. Une étrangère qui parle à peine le français et qui ne roule pas sur l'or. Que demander de plus ? C'était la coupable idéale : du pain bénit pour la police et les médias.

– C’est sûr. Je te ramène à Chesard ? demanda Garance en faisant démarrer la voiture.

– Volontiers. Je pense qu’on devrait faire le point sur l’affaire et se revoir après-demain. Pour souper, par exemple ?

– Je suis invitée chez mon oncle, mais je peux décommander sans souci.

– Non, non, pas la peine ! On n’a qu’à dire pour midi ?

– Parfait, sourit Garance.

Grandcour, tea-room Chez Ruchat, mercredi 7 octobre 2015, 16 h 55

Garance sortit son ordinateur portable de son sac et l'alluma. Il devenait un peu vieux, mais exécutait encore très bien les tâches qu'elle attendait de lui. En revanche, il lui fallait toujours ses traditionnelles trois minutes pour être opérationnel. La Fribourgeoise mettait un point d'honneur à compiler avec précision l'avancée de ses recherches lors de l'écriture d'un article. Elle aimait le faire dans un bistro ou un café. Les rires des enfants, les cancans des grands-mères et la bonne humeur générale qui y régnait la motivaient plus que tout. La serveuse du tea-room lui apporta un café. Garance se souvenait avoir demandé un thé noir, mais ne moufta pas. Elle ne voulait surtout pas déranger les gens pour des broutilles. En attendant de pouvoir s'atteler à l'écriture, la jeune rédactrice nota mentalement qu'il lui faudrait se rendre au garage de son oncle le plus vite possible. Claire, en sortant de la voiture, lui avait fait signe de s'arrêter pour lui dire qu'un de ses phares semblait ne plus être opérationnel. Garance se serait bien passée de ce problème, mais au moins, ce n'était pas un gendarme qui lui avait fait la remarque. L'ordinateur de la jeune femme émit une petite mélodie à plein volume. Garance sentit les regards des clients du tea-room peser sur elle et rougit jusqu'à l'os. Attirer l'attention, voilà quelque chose qu'elle n'appréciait en revanche pas. Une voix stridente interrompit le cours de ses pensées.

– Garance Dupraz ? C'est toi ?

Garance tressaillit et se retourna lentement. Une grande brune aux cheveux ondulés la pointait du doigt.

– Mais oui, c'est toi ! Ça fait un bail. Tu me reconnais, hein ?

Garance sourit légèrement.

– Bien sûr que je te reconnais, Annabella.

Annabella Courbet, Bella pour les intimes et Courbette – parfois dérivé en bobette – pour les nombreuses personnes qui ne la portaient pas dans leur cœur, n'avait pas du tout changé. La ressemblance physique avec sa sœur Eugénie était par ailleurs toujours aussi frappante. Annabella se leva et vint s'asseoir en face de Garance.

– Non mais, j'en reviens pas ! Ça fait au moins deux ans qu'on s'est pas croisées ! Comment tu vas, ma chérie ?

Garance n'aimait pas les effusions de ce genre. Elle savait qu'Annabella ne l'avait jamais appréciée plus que ça. Leur amitié commune avec Claire était l'unique raison de leur semblant de rapprochement dans les quelques fêtes de jeunesse auxquelles Garance avait participé.

– Je vais bien, merci, et toi ?

– Mais je suis au top, comme toujours, gloussa la jeune femme. Je me marie dans quelques semaines ! Regarde-moi ça ! Regarde comme elle est belle.

Garance fit mine d'observer avec admiration la bague de fiançailles sertie d'un diamant que son interlocutrice agitait sous son nez.

– Toutes mes félicitations, c'est super. Et la bague est très jolie.

– Oh merci, t'as toujours été un petit sucre, Garance, minauda Annabella. Et qu'est-ce que tu deviens, sinon ? Journaliste, si je ne m'abuse ?

– Oui, oui.

– Ça paye pas très bien, non ? J'ai entendu dire que c'était un milieu en difficulté.

– Oh, comme beaucoup de secteurs de nos jours. Mais je ne me plains pas, au contraire ! C'est vraiment passionnant et puis je sors en permanence de ma zone de confort. Je suis obligée de toucher à tout pour écrire mes articles, alors je me familiarise avec plein de domaines, je fais des rencontres inattendues... En plus, ça m'a donné l'occasion de revoir Claire !

Le sourire d'Annabella se figea.

– Claire ? Tu veux dire Claire Alderman ? Étonnant que tu travailles avec elle. Mais elle bosse sur Genève, non ? Pour son émission. Mon fiancé me casse toujours les pieds pour la regarder, mais entre nous, ce n'est pas très passionnant ! Donc elle est de retour dans la région ?

– Pas vraiment, c'est seulement temporaire. On travaille ensemble sur une enquête.

– Une enquête ? Comme dans *Les Experts* ? Dis-m'en plus, tu peux pas me laisser sur ma faim comme ça, Garance !

La voix suraiguë ainsi que les battements de paupières exagérés de son interlocutrice commençaient à sérieusement lui taper sur le système.

– Désolée, mais je ne suis pas vraiment en mesure d'en parler à ce stade. On est certaines de rien, mais je peux te dire que, si ça continue à évoluer dans le bon sens, le résultat va faire du bruit.

– Oh, mais tous ces secrets, Garance ! J'ai compris, je n'en saurai pas plus, gloussa Annabella.

Les deux femmes se regardèrent quelques secondes en silence et Garance se racla la gorge, mal à l'aise. Annabella mordit dans son croissant avec un sourire circonspect. Elle finit par rompre le silence.

– Quoi qu'il en soit, je te trouve admirable. Un vrai modèle.

Garance, surprise, considéra Annabella avec étonnement. Celle-ci posa son bras sur celui de Garance et, tout en mastiquant énergiquement, reprit :

– Non, mais après toutes ces histoires avec ton cousin, je dis simplement qu'à ta place, j'aurais pas bossé avec une des responsables.

Garance eut la sensation qu'un liquide froid dévalait son échine. Elle détestait que le sujet de Maxime soit abordé de manière aussi légère.

– Claire n'est pas plus responsable que n'importe qui. Maxime a toujours eu une santé mentale fragile. Maintenant excuse-moi, je vais...

– Garance, ma chérie. Je sais que tu ne veux pas mettre Claire dans le même panier que Christine, mais tu es bien obligée de constater que Claire n'a rien fait. Bien sûr, c'est Christine qui a commencé à balancer toutes ces histoires comme quoi ton cousin était un vieux pervers. Mais Claire n'a rien dit, et je me souviens même qu'elle en rajoutait parfois après Christine en disant qu'elle avait vu ton cousin peloter une fille ou Dieu sait quoi. Et puis Christine est allée jusqu'à parler de viol. Claire savait très bien qu'il y avait peu de chances que ce soit vrai. Quoi qu'il en soit, les rumeurs ont eu plus d'effet qu'imaginé. Quand je pense que ton cousin a sans doute été licencié à cause de ça ! Mais bon, ce sont des ragots d'antan, il faut savoir laisser ça derrière nous. Et puis, comme tu le dis si bien, Maxime n'allait de toute façon pas très bien. En attendant, tu as tourné la page, donc excuse-moi d'en avoir parlé, j'ai été maladroite.

Garance sentait la nausée la gagner. La sensation de totalement perdre pied était intenable. Elle fournit un effort surhumain pour adresser un large sourire à Annabella.

– Pas de problème, y a pas de mal. Tu sais, Claire a toujours été une amie proche et je ne lui en ai jamais voulu pour ces vieilles histoires. Tout le monde fait des erreurs de jeunesse. Allez, je te laisse. Ça m'a fait plaisir de te revoir.

Annabella rendit son sourire à Garance, mais nota que cette dernière n'avait pas touché à son café. Garance sortit de la boulangerie grandcotie, une sensation de vide lui tenaillant le ventre. Elle avait l'impression de tituber. La journaliste monta dans sa voiture et mit sa tête entre ses mains. Combien de personnes le savaient ? Et pensaient-ils tous qu'elle était au courant ? Garance finit par faire démarrer la voiture. La sensation d'étouffer l'envahissait. La jeune femme conduisait presque à l'aveugle. Les larmes inondaient son champ de vision. Maxime... Maxime qui avait été le frère qu'elle n'avait jamais eu la chance d'avoir. Elle avait tout tenté pour le ramener à la raison, le faire sortir de ce puits qui semblait sans fond. Elle avait toujours mis sa dépression sur le compte d'une prédisposition génétique.

Après tout, sa tante avait elle aussi dû faire face à cette épreuve. Garance savait que Maxime voulait la protéger, il avait par exemple prétendu avoir quitté son travail, mais Garance savait qu'il avait en réalité été licencié du service des relations publiques du canton de Fribourg. Cela avait-il un lien? Bien sûr. Bien sûr que ça avait un lien. Ce renvoi avait marqué le point de non-retour. Les tensions préexistantes au sein de la famille Hennard n'avaient fait que s'aiguiser, jusqu'à ce que Maxime ne soit plus le bienvenu au sein du domicile familial. Le coup de grâce, sans l'ombre d'un doute. Il s'était suicidé moins de deux mois plus tard. Garance arriva devant sa maison. Elle avait l'impression de ne plus parvenir à respirer. Elle s'allongea sur le canapé, les yeux débordants de larmes et les poumons au bord de l'implosion.

* * *

Quand Garance rouvrit les yeux, le soleil disparaissait à l'horizon, faisant danser des reflets orangés sur le lac de Neuchâtel. La jeune femme, incommodée par la lumière vive qui inondait la pièce, se leva difficilement. Un mal de tête lancinant lui faisait serrer les dents. Tout lui revint en mémoire. Annabella, Christine, Claire, et bien sûr Maxime. Une vague de colère incontrôlable l'envahit soudainement. Tout le monde la prenait pour une débile. Une débile profonde. Claire la première. Comment avait-elle pu vivre sa vie avec le décès de Maxime sur la conscience? Garance sentit une rage sourde se mêler à son désespoir. Claire était même allée jusqu'à lui demander de l'aide pour ce sujet. Sans oublier qu'elle avait profité d'elle en la convainquant d'échanger leurs sujets d'article. Quelques jours seulement avant la mort de Maxime. Mais comment avait-elle pu? Venir la voir alors qu'elle venait d'apprendre la tentative de suicide de Maxime. Bien qu'encore vivant, il avait été retrouvé trop tard pour espérer le sauver. Pis encore, son état avait commencé à désespérément se dégrader quelques heures seulement avant l'interview qu'elle avait réussi à programmer avec David Vallière. Avec le recul, le culot de Claire à ce moment précis semblait insensé. Lui proposer de tout reprendre, d'échanger les sujets. «Non, non, ça ne me dérange pas. On est amies, tu aurais fait la même chose pour moi.» Claire savait pertinemment que le sujet qu'elle récupérait avait dix, non cent fois plus de potentiel. Garance sentit son cœur s'emballer à mesure que les souvenirs déferlaient. Sans réfléchir, elle se saisit de son sac qu'elle avait négligemment lâché devant la penderie et sortit en trombe. Claire allait devoir s'expliquer, et plutôt deux fois qu'une.

Chesard, maison des Alderman, mercredi 7 octobre 2015, 18 h 35

— Madame Cochin, est-ce que je peux vous rappeler? On sonne à ma porte.

Claire Alderman raccrocha son téléphone et se dirigea vers la porte d'entrée.

– Garance? s'étonna-t-elle. Qu'est-ce que tu fais là? Entre seulement.

– Il faut qu'on parle. Tu t'es bien foutue de moi. Je sais tout pour Maxime. Espèce d'ordure.

Claire blêmit légèrement. Elle hésita à nier, mais en voyant l'expression de Garance, elle comprit que cette stratégie n'était pas envisageable.

– Écoute. Je... je pensais que tu étais au courant et que tu avais décidé d'oublier tout ça.

– Je rêve, je rêve, tu...

– C'est de l'histoire ancienne, non? demanda Claire avec un petit sourire désolé. Je veux dire, on a toutes deux une carrière, nos vies vont très bien. Il faut passer à autre chose, même si la mort de Maxime est un drame.

– Mais comment tu fais pour te regarder dans la glace ? hurla Garance. Hein ? Comment tu fais ? En train de minauder à la RTS, tout ça grâce à mon sujet ! Parce que moi, j'étais en train de regarder mon cousin crever sur un lit d'hôpital pendant que tu construisais ta carrière sur mon dos !

– Oh, c'est de ça qu'on parle, donc ? De ton foutu sujet ? T'as qu'à le dire, si c'est pour ça que tu décides de tout remettre sur le tapis. OK, je l'ai pas joué réglo sur ce coup. Mais tu n'as pas ouvert la bouche quand je t'ai proposé d'échanger avec moi. Et puis, tu n'aurais jamais réussi à tirer les vers du nez de David Vallière comme je l'ai fait. Et tu étais une vraie loque à cette période, tout ce qui occupait ta tête, c'était ton satané cousin.

Claire marqua un temps d'arrêt, visiblement consciente de la virulence de ses propos.

– Écoute. Je sais que...

– Non, fit Garance, la voix noyée de sanglots. Maintenant, tu te tais. Tu ne sais rien. J'en ai marre de t'entendre parler de moi comme si j'étais la dernière des ratées. Peut-être que je ne suis pas aussi jolie ou charismatique que la génialissime Claire Alderman, mais en attendant, j'ai des principes. Je ne t'aurais jamais fait un coup pareil.

Claire prit une grande inspiration. Elle finit par répliquer avec froideur :

– Écoute, pour ce qui est de l'article, je ne compte pas revenir là-dessus. Tu as eu le deuxième prix, mon idée de sujet était très bien aussi et je suis désolée de t'apprendre que tu n'aurais jamais eu assez de ténacité pour réussir à avoir une enquête concluante. Je t'ai fait une fleur sur ce coup. Pour ce qui est de Maxime... Au début, je ne savais pas que c'était ton cousin. Christine m'a raconté que c'était un voyeur, un gars pas net. Comment j'aurais pu savoir que c'était faux?

– Et comment tu aurais pu savoir que c'était vrai? Tu te rends compte de la merde que tu racontes?

Garance, la voix cassée, n'avait même plus la force de crier. Anéantie par l'attitude détachée de Claire, elle comprenait peu à peu à quel point cette dernière s'était jouée d'elle.

– Mais il était louche comme type! Je veux dire, il regardait fixement les gens. Il... il n'arrêtait pas de vouloir offrir des verres aux filles...

– Bon Dieu, il offrait des verres à tout le monde! Il regardait les gens parce qu'il voulait être leur ami! Maxime n'aurait pas fait de mal à une mouche. Il n'aurait pas...

Garance fondit en larmes en hoquetant. Claire soupira.

– Garance, je pense que tu as peut-être une vision trop biaisée de ton cousin. Tout le monde savait qu'il était accro à des trucs pas nets et il avait souvent l'air complètement shooté.

– Mais quel est le rapport, Claire? Parce que Maxime avait des problèmes d'addiction, il méritait d'être victime de ces rumeurs dégueulasses? Et tu participais à tout ça sans sourciller?

Claire perdait ses moyens et une fine pellicule de sueur commençait à apparaître sur son front.

– Je suis désolée, d'accord? On était jeunes, on savait pas vraiment ce qu'on faisait. C'est du passé, on ne ramène pas les morts. Va t'expliquer avec Christine si tu veux, je ne veux plus rien entendre de cette histoire.

Garance restait sans voix. La cruauté de Claire lui poignardait chaque parcelle de l'âme. Cette dernière prit la parole, la voix mal assurée.

– Et puis, avec ou sans ça, ça n'aurait rien changé ! Il aurait de toute façon mal fini.

– Tu sais, Claire, coupa Garance le ton éteint, le plus drôle, c'est que tu aies autant de succès alors que tu n'es rien d'autre qu'une manipulatrice et une opportuniste.

– C'est bon, j'en ai marre. Ce n'est pas mon problème si tu n'arrives pas à tourner la page.

– Tourner la page ? Mais comment tu veux que je tourne la page alors qu'on parle de…

– Alors qu'on parle de quoi ? D'un article que tu aurais été incapable d'écrire et d'un cousin complètement camé ?

À ces mots, Garance fut saisie d'une émotion brutale. La haine. La haine à l'état pur. Sans réfléchir, elle se saisit des épaules de Claire et, avec toute la force dont elle disposait, la projeta en arrière. Les yeux des deux jeunes femmes se croisèrent au moment où l'ordinateur de Claire, entraîné par le poids de la jeune femme, fut projeté en l'air. Une fraction de seconde plus tard, la nuque de Claire heurta la table basse du salon avec un bruit sourd. Un petit gémissement s'échappa de la bouche de la jeune femme, qui bascula sur le côté. Garance, interdite, regardait le sang qui commençait à s'écouler de la nuque de Claire. Dans un état second, elle constata que cette dernière ne respirait plus. Est-ce que l'angle avec lequel sa tête avait heurté le coin du meuble avait pu la tuer ? Garance avait l'impression d'évoluer dans un monde cotonneux. Les pulsations de son cœur semblaient cogner jusque dans sa tête. Un sifflement ininterrompu commença à résonner dans ses oreilles. Les jambes flageolantes, elle entreprit de fouiller dans son sac à main. Son téléphone. Appeler les urgences. Tout expliquer. Demander pardon. Pardon, pardon, pardon. Garance sentit le fond de son sac rencontrer ses doigts. Pas de téléphone. Aller chercher les voisins ? La ferme d'en face ne se trouvait qu'à une trentaine de mètres. Son esprit cessa soudainement de bouillonner. Non. Non, elle ne serait pas une fois de plus celle qui ferait les frais des erreurs des autres. Complètement déphasée, la jeune femme entreprit de placer Claire dans un grand sac de compost vide trouvé dans l'une des armoires du sous-sol des Alderman. Son sweatshirt entourant ses mains, elle souleva le corps de Claire en s'aidant des anses collées à l'épaisse paroi du contenant. L'opération était bien plus compliquée que prévu, et les cinquante-cinq kilos de Claire lui paraissaient relever de la tonne. Elle sortit par l'arrière de la maison et tenta tant bien que mal de traîner son chargement jusqu'à l'embouchure de la forêt. Sans aucune notion du temps, elle finit par laisser tomber le corps de Claire dans un fossé en basculant maladroitement son chargement sur le côté. Garance, l'esprit fiévreux, remonta en direction de sa voiture, le sac bâché toujours dans les mains. Elle jeta ce dernier dans le coffre et couvrit sa tête de sa capuche. Alice Morel entrouvrit le rideau de sa fenêtre à l'instant où la meurtrière démarrait. Une tasse fumante dans les mains, elle s'adressa pensivement à son mari assoupi sur le canapé.

– Dis voir Claude, est-ce que les conducteurs qui ont un phare en rade risquent une amende ? Je ne sais même pas si les miens marchent bien.

* * *

Arrivée chez elle, Garance retrouva son téléphone sous le canapé sur lequel elle avait dormi d'un sommeil comateux quelques heures auparavant. Elle s'en saisit, le déverrouilla et se mit à taper mécaniquement.

« Hello Claire, juste pour te confirmer que je peux me libérer pour vendredi midi. Je vais aussi prendre contact avec d'autres journalistes qui ont couvert l'affaire des Jonquilles pour la presse locale. Je t'appelle dès que j'ai du nouveau ! Bonne soirée. »

Épilogue

Vallon, EMS des Jonquilles, mardi 12 avril 2016, 14 h 35

– Cette saleté de Guillod, qu'il aille rôtir en enfer ! Même pas de peine de prison, vous y croyez ? Au moins une interdiction d'exercer sa profession, mais ce n'est pas du luxe ! Quoi qu'il en soit, vous avez été très courageuse, mon petit.

Margot Cochin sourit avec douceur à Bérangère Jacottet qui, les lunettes au bout du nez, tenait une coupure de journal à la main.

– Merci, madame Jacottet. Vous reprendrez un quartier de pomme ?

– Oui, oui. Bien sûr. Mais soyez gentille et remettez-moi d'abord *Bruits de couloir.*

– Madame Jacottet, vous les avez déjà tous vus au moins cinq fois ! Tenez, par exemple, *À bon entendeur* est aussi une émission très intéressante.

– Vous êtes une vraie batoille, Margot. Si je vous dis que je veux regarder Claire, je veux regarder Claire ! Dire que cette pauvre fille était capable de voir la mauvaise nature de personnes en apparence parfaites, un vrai don qu'elle avait, c'est moi qui vous le dis ! La pauvre, si moi je ne la regarde pas, qui va le faire ?

– Vous savez, madame Jacottet, Claire ne sera pas oubliée de si vite. Je suis sûre que vous n'êtes pas la seule à la faire revivre au travers de ses émissions.

– Peut-être, peut-être... Oh, et je préférerais un morceau de nectarine, mon petit.

– Ce n'est pas encore la saison des nectarines, madame Jacottet, sourit Margot Cochin.

Alors que la jeune aide-soignante entreprenait de couper des rondelles de banane pour sa protégée, son esprit s'arrêta encore un peu plus longtemps sur Claire Alderman. Oui, elle aussi ferait en sorte de ne pas l'oublier.

Plage d'Estavayer-le-Lac, dimanche 17 juillet 2016, 17 h 50

Un léger souffle estival fit voleter les boucles blondes de Delphine, assise sur une serviette à l'ombre d'un grand arbre au bord de l'eau. Celle qui se considérait désormais comme une véritable Broyarde ne prêta pas la moindre attention aux facéties du vent, trop occupée à scruter l'horizon, les yeux plissés.

– Glace?

Delphine se tourna vers Cédric. L'air interrogateur, celui-ci lui tendait un cornet vanille. Alors que la policière s'apprêtait à s'en saisir, son chef se pencha vers elle pour remettre l'une de ses mèches folles derrière son oreille.

– Une belle glace pour la plus belle des personnes, chuchota-t-il tendrement.

– Qu'est-ce que tu fais à ma femme, Bettex? Je ne peux même pas partir nager quinze minutes sans que tu dragues tout ce qui bouge?

Cédric sursauta et bondit sur ses pieds. Diogo Blanc lui faisait face, un air de défi sur le visage.

– Oh, je vois, continua-t-il, on mixe les couples aujourd'hui ?

Pour appuyer ses propos, le jeune homme passa son bras autour des épaules d'Esther, qui l'accompagnait. Cette dernière éclata de rire et donna une petite tape sur le torse de Cédric.

– Tu commences déjà à prendre ton futur rôle de parrain trop à cœur. Le bébé s'en fiche pas mal de la glace.

– Il n'y en a vraiment que pour ce bébé, geignit Delphine en appuyant sa main sur son ventre arrondi. Mais au moins, je sais que quand j'aurai envie de motiver ce petit bonhomme à finir ses légumes, je n'aurai qu'à menacer d'appeler sa sorcière de marraine.

Esther ricana en s'allongeant sur le linge de bain, lunettes de soleil sur le nez.

– On parie combien qu'il préférera sa sorcière de marraine plutôt que sa pédante de mère ?

Delphine envoya une poignée d'herbe sur son amie et tenta de se redresser en roulant sur le côté.

– Ce n'est pas pour changer de sujet, lança la future maman, mais vous avez vu que le procès de Garance Dupraz est reporté à la fin de l'année ?

– Oui, j'ai entendu ça ce matin, répondit Esther. J'espère qu'elle ne prendra pas une peine trop sévère au final, elle a juste fait de très mauvais choix.

– Mauvais choix, c'est certain ! Elle a quand même tué une femme, lança Diogo, dubitatif.

– Par accident, fit Delphine en se rallongeant au côté d'Esther qui s'éventait avec un livre. J'espère qu'elle ne va pas trop mal. Je crains qu'elle ne se remette jamais de ce qui s'est passé à Chesard. Si seulement elle s'était directement dénoncée... Quel gâchis.

– J'aurais préféré, effectivement. Je n'aurais pas eu besoin de me faire passer pour une employée de la RTS qui sort avec toi, grinça Esther en se retenant d'éclater de rire au souvenir de cet épisode rocambolesque. J'en fais encore des cauchemars, Delphine. Tu devrais payer pour ma thérapie.

Diogo et Cédric se consultèrent du regard, incrédules.

– Qu'est-ce que c'est que ces histoires ?

– Et pourquoi on n'en a jamais entendu parler ?

– Certaines choses doivent rester secrètes, n'est-ce pas, Notari ? gloussa Delphine.

– D'accord avec toi, Vaucher. C'est ce qu'on appelle le secret professionnel, messieurs, sourit Esther en tapant dans la main tendue de Delphine.